로봇과 이별하는 프롬프트

로봇과 이별하는 프롬프트

제1판 제1쇄 2025년 11월 25일

지은이 나혜원
펴낸이 이광호
주간 이근혜
편집 박지현
마케팅 이가은 허황 최지애 남미리 맹정현
제작 강병석
펴낸곳 ㈜문학과지성사
등록번호 제1993-000098호
주소 04034 서울 마포구 잔다리로7길 18 (서교동 377-20)
전화 02) 338-7224
팩스 02) 323-4180(편집) 02) 338-7221(영업)
대표메일 moonji@moonji.com
저작권 문의 copyright@moonji.com
홈페이지 www.moonji.com

© 나혜원, 2025. Printed in Seoul, Korea.

ISBN 978-89-320-4499-6 43810

이 책의 판권은 지은이와 ㈜문학과지성사에 있습니다.
양측의 서면 동의 없는 무단 전재 및 복제를 금합니다.

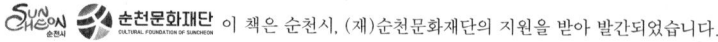
이 책은 순천시, (재)순천문화재단의 지원을 받아 발간되었습니다.

차례

1. 리아 — 기억 그리고 감정　　7

2. 세빈 — 너라는 존재　　49

3. 이룸 — 엇갈린 미래　　99

4. 세빈 — 사랑의 본질　　127

5. 이룸 — 선택에 대하여　　147

6. 리아 — 이별하는 프롬프트　　163

작가의 말　　182

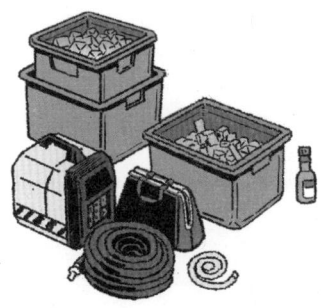

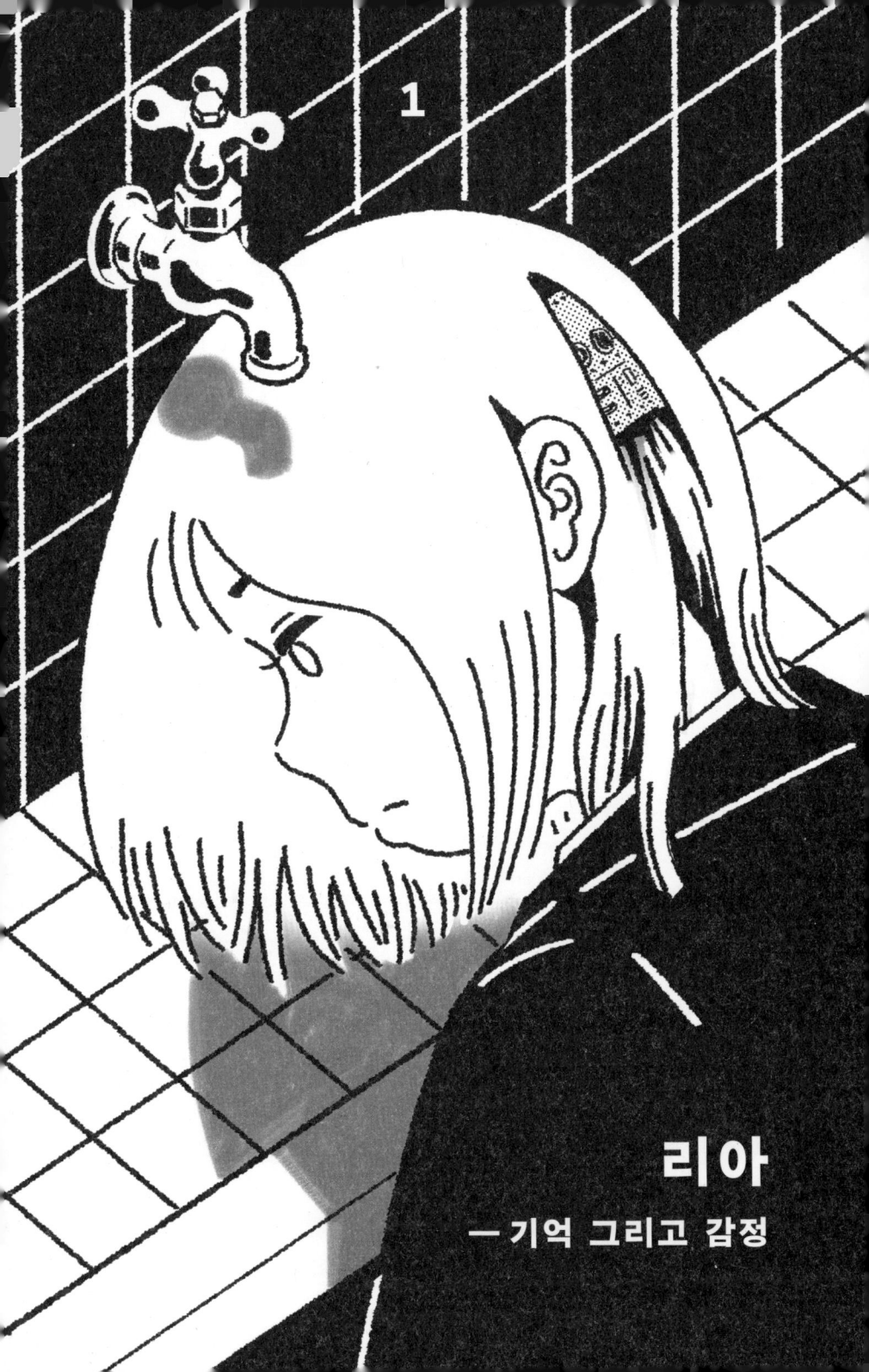

그날,
내 하늘의 여명은 영영 꺼지고 말았다.
어둠만 남은 이 세상에서 나는 앞으로 어떻게 살아가야 할까.

9시가 넘었는데도 교실의 인원은 채워지지 않았어. 교탁을 기준으로 오른쪽 창가, 앞에서 다섯번째 좌석. 남들보다 머리 하나는 우뚝 솟아 있던 네 빈자리.
1학년 2반 반장 차여명.
창백한 얼굴에 쇼트커트가 유달리 잘 어울리던 너. 가느다란 바람 한 줄기에도 부서질 것만 같은 네 여린 몸에서 뽑아 올린 짙은 여름밤 머금은 목소리를 좋아했어, 나는.
그날은 뭔가 좀 이상했어. 시작종이 울린 지 한참 지났는데도 웅성거림이 가시지 않는 복도. 그건 어떤 선생님도 수업에 들어가

1. 리아—기억 그리고 감정

지 않았음을 암시하는 기이함이었기에.

 1초, 또 1초…… 시간의 흐름을 사무치게 느끼고 있을 무렵, 타종이 있고 무려 25분이나 흐른 뒤에야 뚜벅뚜벅 층계를 올라오던 다급한 발걸음들. 교실 안에서 마치 연예인의 가십을 말하듯 소곤대던 나직한 목소리들.

 "그거 알아? 어젯밤, 차여명이 자살했대."

 어쩌면 나는 그때 예감했는지도 몰라. 네가 내 곁에서 떠나고 말았다는 사실을 말이야. 하지만 애써 부정하고 있었지. 진실이 아닐 거라고. 너는 그저 다른 누군가처럼 감기에 걸려 결석했을 뿐이고, 국어 선생님은 아무렇지 않은 듯 교실 앞문을 벌컥 열고 들어와 회의가 길어져 늦었다며 말씀하시겠지 — 애써 그렇게 위안하면서.

 하지만 문틈으로 모습을 드러낸 사람은 국어 선생님이 아니었어. 분명 1교시는 국어였는데 하루의 시작부터 어긋나버린걸. 엉뚱하게도 교실에 갑자기 담임선생님이 들어오셨거든. 소란스러웠던 우리 반은 일순간 적막에 잠기고 말았지. 반장인 여명, 네가 '모두 자리에 앉아, 조용히 해!'라고 사인을 보내지도 않았는데.

 30대 중반은 족히 넘을 법한 담임의 눈가에는 아이라인이 번져서 뭉개진 자국이 선명했어. 담임은 숨을 깊이 '후' 내쉬고 말문을 열었지.

 "너희가 너무 충격받지 않았으면 좋겠어. 이건 굉장히 슬프고 안타까운 일이지만, 우리가 살아가면서 언제든 맞닥뜨릴 수 있는 사건이기도 해. 그 친구의 삶에 지금은 어떤 말도 더하지 말고…… 그저 애도하는 시간만 갖자. 알겠지?"

이야기가 끝나자마자 교실은 한바탕 파도가 할퀴고 지나간 자리처럼 술렁였어. 그리고 이내 잠잠해졌지. 마치 퉁퉁 불은 쓰레기만 몇 조각 허무하게 뒹구는 모래사장처럼.

"차여명 학생이…… 지난밤 우리 곁을 떠났다."

선생님은 창문 너머를 바라보며 말했어. 우리가 아니라 말이야. 그러곤 이내 고개를 숙였지. 교실 여기저기에서 울음이 터져 나왔어. 조금 전까지만 해도 SNS에 떠도는 가짜 뉴스로나 여길 법한 소문이 사실이 되어버린 순간, 평범한 인간이라면 누구나 품고 있을 슬픔이란 감정이 자극되고 만 것일까.

여명아, 그런데 말이야. 나는 울지 않았어. 왜냐하면 믿기지 않았거든. 구부러진 달팽이관을 타고 들어와 여린 면에 부딪는 그 엄청난 이야기를 도무지 받아들일 수 없었어, 나는.

그날 이후 그림자처럼 죽음에 따라붙기 마련인 수많은 '선택'이란 난관에 대해서도 알게 되었지. 네 자리 위에 국화를 놓는 일, 학교 게시판에 너를 기리는 메모를 붙이는 일, 운구차가 학교 운동장을 한 바퀴 도는 일, 그리고 교실에서 네 책상을 치우는 일……

이 모든 선택이 끝나고 결과만이 덩그러니 남겨진 지금, 나는 여전히 네가 세상에 없다는 현실을 부정하고 있는지 몰라. 그래서 너를 닮은 로봇을 만들고 있나 봐. 이렇게, 오늘도.

내가 한 번이라도 털어놓은 적이 있었나? 언젠가 네가 물었지. 왜 멀고 먼 서울에서 이 순천까지, 그것도 촌구석에 박힌 새늘고로 내려왔냐고, 내신이 그렇게 중요했냐고. 나는 차마 아무런 대답도 못 하고 웃을 수밖에 없었어.

바보야, 평범한 집에서 자랐더라면 아무리 대입이 간절했을지언정 몇 달이나 기숙사에 처박혀서 주말에도 올라가지 않는 독기를 품지는 않아. 너는 내가 과월호 잡지 같은 처지라는 사실을 알고 있었을까? 겉으로 보기에는 멀쩡하지만, 아무도 찾지 않아서 외로움에 병들어가는…… 그래서 조용히 창고에 은폐되고 마는 그런 신세 말이야. 너는 똑똑하니까 알면서도 모른 척했겠지, 아마도.

신림동 우리 집은 반지하는 아니지만, 창문을 열면 곧바로 옆집 창문이 보여서 환기라고는 꿈도 꿀 수 없었어. 가끔 더위와 찌든 냄새에 질려서 굳게 닫힌 직사각형 유리에 좁은 틈이라도 만들면, 어느새 귀에 익어버린 이국의 언어가 들려오는 골목 언저리 단칸방. 난 일평생 그곳에서 열여섯 봄이 오기만을 기다렸어. 그리고 3월 1일이 되자마자 미리 싸둔 캐리어를 끌고 이른 6시 35분 고속버스에 올라 새늘고 기숙사로 도망쳤지.

나만의 공간이 필요해서였냐고? 천만에, 그럴 리가. 기숙사가 2인 1실인 건 너도 알고 있잖아. 집도 마찬가지였어. 나와 아빠, 단둘이 살았거든.

엄마란 사람은 내가 세상에 태어나고 50일도 되지 않아서 달아나버렸대. 나는 그래서 날 낳은 엄마 얼굴조차 몰라. 하지만 엄마의 엄마 얼굴은 뚜렷하게 기억해. 우습지 않아? 이런 말도 안 되는 상황이. 갓난쟁이인 나를 길러주신 사람은 엄마도 아빠도 아닌, 돌아가신 순천 외할머니셨거든. 아직도 할머니가 자주 해준 연노란색 몽글한 계란찜이 종종 떠올라. 참 맛있었는데…… 그때가 내 인생에서 가장 행복했던 시절이었어. 여명아, 내가 순천을 도피처로 택한 이유는 바로 그 기억 덕분이야.

할머니가 돌아가시고, 여덟 살 때부터 그 지긋지긋한 신림동 단칸방에서 아빠와 살게 됐어. 처음엔 웬 시커먼 아저씨가 내 유일한 가족이라며 나타난 상황이 어찌나 낯설던지 '아빠'란 소리도 안 나와서 울기만 했다니까.

내 아빠는 형편없는 인간이야. 공사장 알지? 거기 일이라면 뭐든지 하는 막일꾼이 바로 내 아빠야. 벽돌도 나르고, 미장도 하고, 삽질도 하고…… 딱히 정해진 업무도 없고 일터도 없어. 그래서 몇 달씩 집을 비우기도 예사고 입도 아주 거칠어. 반주로 술 마시길 좋아하고 줄담배 태우는 거야 일상이지. 안쓰럽지 않냐고? 아니, 전혀. 과연 네가 내 아빠 같은 사람을 만나본 적은 있을까.

가끔 밥상에서 소주병을 잔에 기울이고 또 그 잔을 목구멍으로 휙 넘기고는…… 가래침을 턱 하니 방바닥에 뱉는 아빠를 보며 역한 속내를 참은 순간이 얼마나 많은지 몰라. 나중에 자라서 절대로 저런 인간과 상종하지 말아야지, 다짐한 적은 인생에서 몇 번이었을까. 아마 셀 수도 없을 거야.

그런데 더 끔찍했던 게 뭔 줄 알아? 그건 말이야. 내가 지금 더 듣는 이 증오의 근원이 영영 사라지지 않는다는 사실이야.

기억.

여명아, 나는 믿어. 인간의 몸 80퍼센트는 물이 아니라 실은 기억을 터질 듯 머금고 있다고. 그로 인해 먹고 자고 움직이며 살아가는 거라고. 내 기억 속에서 아빠는 슬프게도 시커먼 유령 같은 형상이란 사실을…… 그 인간은 알기나 할까? 기억이 때가 되면 자연히 사라지는 몽고점이라면 얼마나 좋을까?

그 기억은 슬프게도 아빠와 내가 다시 만난 여덟 살, 한 점 빛이라고는 들지 않는 밤부터 시작됐어. 처음에는 아빠의 손길이 무엇을 의미하는지 정확히는 몰라도 어렴풋이 느꼈지. 아, 이건 누구에게도 말하면 안 되는 일이구나. 아빠는 꼭 내가 잠들었는지 확인하고 몸을 만졌거든. 물론 매일 그랬던 건 아니었어. 하지만 인간의 뇌란 어찌나 간사한지, 내겐 숨죽이고 자는 척하던 밤 스멀스멀 엄습하던 두려움만 고스란히 남았네. 재미있지?

아빠는 내가 정말 아무것도 모른다고 믿었나 봐. 이튿날 아침이면 다시 비루한 가면을 쓰고 공사장에서 고되게 일하는 홀아비로 돌아갔거든. 그리고 내가 초경을 한 초등학교 6학년이 되자 거짓말처럼 그 짓을 멈추었어. 하지만 난 여전히 깊은 잠을 자지 못해. 어둠 속에서는 숨이 차오르고, 미약한 뒤척임에도 제풀에 놀라서 깨는 겁쟁이가 나야.

그래서 도망친 거야. 살기 위해 이곳으로 도망친 거야. 대학은 더 멀리 도망칠 거야. 내가 공부하는 이유는 오직 그 하나뿐이야.

너는 몰랐겠지. 전국에서 자홍색 매화가 가장 먼저 꽃봉오리를 터뜨린다는 남쪽의 3월 둘째 날, 먼발치에서 너를 처음 본 순간 네가 얼마나 환하게 빛나고 있었는지. 나는 말이야, 생생히 기억해. 빳빳한 새 교복을 입은 무리 가운데에서도 유달리 진한 군청색이던 네 치맛자락, 그리고 떨어지는 꽃잎처럼 흩날리는 머리카락 사이로 지어 보이던 그 미소를. 중학교에서 언제나 음침하기 짝이 없는 1등이었던 내게 너는 묵은 음지의 퀴퀴함마저 단박에 날려버리는 햇살이었는걸. 사람들에게 늘 둘러싸여 있는 너와 이야기하는 시간을 얼마나 고대했는지, 넌 꿈에도 몰랐을 거야.

마침내 찾아온 추억 같은 봄날. 제각기 수업을 들으러 떠나고 둘만 남은 빈 교실의 고요. 눈치 없이 터질 듯 두근대는 심장 소리를 행여나 들킬까 봐 뒷문으로 도망치려던 내 오른팔을 붙잡아 세우고 너는 말했지.

"야! 너, 뒤에……"

"응?"

"잠깐만."

너는 아무렇지 않게 사물함에서 체육복 상의를 꺼내더니 내 허리에 둘러주었어. 정말, 아무렇지도 않게 말이야.

"이러면 안 보일 거야."

"……아, 고마워."

"생리대는 있어?"

"응."

"다행이네."

그때 지어 보이던 네 미소를 영원히 잊지 못할 거야. 너는 그 순간 세상 모든 빛깔을 홀로 다 품은 것처럼 찬란한 얼굴이었으니까. 나는 정말이지 너를 사랑하지 않을 수 없었어.

그런 네가 나를 떠났는데 나는 이제 어떻게 살아야 할까. 여명아, 난 정말 모르겠어. 너는 왜 그렇게 가버린 거야? 내게 아무런 말 한마디 없이 말이야.

너는 분명 그 전날, 종례를 마치고 이렇게 인사했지.

"안녕, 내일 봐."

시험이 끝났으니 함께 영화를 보자는 내게 '오늘은 엄마가 편찮으셔서 일찍 들어가봐야 해, 미안'이라고 덧붙이면서. 그 말조차도 변함없이 다정하고 따뜻하던 너.

나는 꿈에도 몰랐어. 네가 시간이 남긴 흔적을 하나씩 지우고 있을 줄은. 교과서 구석의 낙서부터 SNS의 댓글까지 모조리 삭제하면서 그날을 준비하고 있으리라고는. 오히려 그런 음험한 계획은 나에게나 알맞은 일이라 여겼지. 하지만 우습게도 나는 살아있고 너는 떠났는걸. 이게 무슨 아이러니란 말이야.

여명아, 너를 다시 만나면 하고 싶은 말이 정말 많아. 그래서 네가 돌아오길 바라며 나와의 기억을 담은 이야기를 메모리에 담았어.

**닭1호, 제발 내 마음을 여명이에게 전해줘.**

사랑해, 여명아.

리아는 녹음기의 전원을 껐다. 마지막에는 눈물이 터지려는 걸 간신히 참았다. 잘했어. 잘 참았어, 유리아. 이제 녹음기의 SD카드를 빼서 로봇에 끼우고, 오디오 파일을 재생하면 공허하기 짝이 없던 존재의 메모리도 활성화될 것이다. 그러면 여명을 만날 수 있겠지. 겉모습이 아닌, 리아와의 기억으로 충만한 진짜 여명을.

**닭1호(차여명)**

이것은 새늘고 1학년 토론 동아리 〈논하라〉에서 제작한 로봇으로, 버추얼 휴먼의 하드웨어 안에 인공지능 챗봇 기반 소프트웨어를 이식한 휴머노이드였다. 얼핏 외관만 살펴봐도 두상에 섬세하게 이식한 인모, 화상 후 처치에도 쓰인다는 인조 피부, 아크릴이 아닌 순수한 유리를 가공해서 만든 안구 등이 고등학생 셋이

서 만들었다고 믿기 어려울 만큼 높은 완성도를 보이고 있었다. 〈논하라〉의 짙은 회색 캐비닛 문을 활짝 열면 쪼그려 앉아 있는 생김새까지, 생전 여명이 멤버들에게 장난치려고 숨었을 때의 모습 그대로였으니까.

딸깍—
문을 열고 동아리실에 들어서자마자 마주친 사람은 세빈이었다.
"녹음은? 다 됐어?"
"응, 여기."
리아는 세빈에게 SD카드를 건넸다. 세빈은 그것을 받아서 닮1호의 목덜미에 쏙 집어넣은 다음 리모컨을 들고 로봇을 조작하기 시작했다. 메모리가 활성화되는 중인지 로봇의 눈동자 색깔도 시시각각 변했다. 리아는 바싹 마른 아랫입술을 꽉 깨물었다.
"이제 다 됐어."
5분쯤 지나고 세빈이 말했다. 아무렇지 않게 들리는 목소리 아래 숨겨진 진심은 너 정말 괜찮니, 라는 끝도 모를 염려. 그 마음을 알면서도 리아는 고개를 끄덕였다. 이날을 위해 송두리째 바친 우리의 여름방학은 오직 살아 움직이는 여명을 다시 만나고 싶다는 꿈을 위해서였으니까.
"가자. 운동장에서 이룸이가 기다리고 있을 거야."
리아의 반응에 그럴 줄 알았다는 듯 세빈은 문 쪽으로 턱을 갸웃했다. 둘은 조심조심 닮1호를 들어 올렸다. 세빈은 왼쪽 어깨를, 리아는 오른쪽 어깨를 둘러메고 나란히 운동장으로 향했다. 누가 봐도 오늘 밤의 주연은 닭1호일 터였다.

"달도 안 보여."

가로등 불빛이 닿지 않는 어두컴컴한 구석에 서 있는 이룸 역시 잘 보이지 않았다.

"구름이 많이 껴 있어. 비가 올지도 몰라. 전원을 켜서 작동하는지 확인해보려면 서둘러야 해."

어쩐지 걱정스러운 이룸의 목소리였다. 하여간 이 모든 상황이 못마땅한 녀석하고는.

셋이 힘을 합해 그나마 환한 운동장 한가운데에 닭1호를 똑바로 세웠다. 여명과 꼭 닮은 로봇의 눈동자 안에 까만 동공은 존재했지만 초점이 보이지 않았다. 셋은 나란히 로봇을 마주 보며 섰다. 세빈, 리아, 이룸. 이렇게 차례대로.

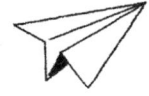

"리아야, 우리도 동아리나 만들까?"

"동아리? 갑자기 웬 동아리……?"

"이것 좀 봐."

느닷없는 제안을 듣고 의아한 표정을 짓는 리아에게 여명은 손에 들고 있던 패드를 건넸다. 띄워놓은 화면에는 새늘고 본관 2층에서 1층으로 내려가는 중앙 계단 옆 게시판에 부착된 공고문이 선명하게 찍혀 있었다.

"이게…… 뭔데?"

"학교에서 동아리 모집한대. 의무로 학생들 전부 하는 거 말고, 자율 동아리. 생기부에도 도움 될 텐데 우리도 하나 만들어보는 거 어때? 공부도 잘하고, 기왕이면 잘생긴 남자애들도 짝 맞춰 끼워 넣고. 좋지? 너도 좋잖아, 히히히."

"아, 뭐야. 너도 진짜…… 어떤 동아리를 만들려고?"

"내가 다 생각한 게 있어. 토론 동아리 어때? 주제야 아무거나 갖다 붙이면 되고, 폼도 나고 딱이잖아. 이제 멤버만 영입하면 되겠네. 야야, 유리아. 쟤 어때? 관상이 딱 전국 1등 할 상인데."

"너, 진심이었어?"

"내가 하는 말 중 진심 아닌 말 들어봤어? 기다려봐. 이야기해 볼 테니까……"

3월이 아직 끝나지 않은 어느 날, 점심시간이었다. 새늘고 본관 2층에 위치한 1학년 자율학습실인 '새늘 2관'에서 한창 공부 중인 리아에게 여명이 찾아와 속닥거렸다. 이제 막 누리에 공표된 따끈따끈한 소식을 들고 온 여명은 배추흰나비 날개같이 하얀 얼굴로 주변을 탐색하는 더듬이를 예민하게 달싹거렸다. 그러더니 리아가 필기하던 노트의 다음 장을 조심조심 찢어낸 다음 필통에서 펜을 꺼내 뭐라고 휘갈겨 썼다. 눈 깜짝할 사이 손끝에서 비행기로 변한 종이. 여명은 그것을 오른편 뒤쪽 책상에서 마주 보고 공부하던 남학생 둘에게 휙 날려 보냈다.

"뭐 하는 거야?"

"쉿! 쟤들이 딱이야. 비주얼로 보나 공부하는 폼으로 보나 우리가 찾는 인재라고."

남학생 둘은 종이비행기를 받아서 펼쳐 보더니 어이가 없다는 표정으로 주변을 두리번거렸다. 한 명은 까만 뿔테 안경 너머로 보이는 긴 눈매가 날카로웠고, 다른 한 명은 스포츠머리에 눈이 땡그란 것이 앞에 앉은 안경과는 아주 상반된 이미지였다. 의자에 걸터앉은 상체의 어깨높이만 봐도 안경 낀 녀석이 스포츠머리보다 키가 더 크다는 사실을 짐작할 수 있었다.

나와 여명도 저렇게 달라 보일까, 리아는 생각했다. 제 앞에 쪼그려 앉아 킥킥대는 여명은 훌쩍 큰 키에 마른 몸, 짧은 머리칼을 지닌 하얀 소녀. 반면 리아는 평범한 체형에 어깨까지 오는 생머리를 하나로 질끈 묶고 의자에 앉아 있었다. 불현듯 움츠러드는 느낌을 어찌해야 할까. 리아는 고개를 푹 숙였다.

남학생들은 종이를 들고 자리에서 벌떡 일어났다. 그리고 뒷문으로 걸어 나갔다.

"우리도 가보자."

여명은 리아의 손을 잡아끌고 그들을 따라 나갔다.


"이거, 너희가 보낸 거야?"

안경 낀 녀석이 푸석한 칫솔처럼 무미건조한 말투로 물었다. 화난 줄 알았는데 그건 또 아니었다. 의외라고 리아는 생각했다.

"응."

여명이 생긋 웃으며 대답했다.

"어떤 동아리인지 좀더 자세히 설명해줄래?"

대체 쪽지에 뭐라고 쓴 걸까. 여명이 농담처럼 마구 지껄인 동아리에 흥미를 보이다니, 실로 놀라운 일이 아닐 수 없었다.

가까이에서 보는 안경 낀 녀석은 생각보다 키가 더 컸다. 170센티미터인 여명이 땅꼬마처럼 보일 정도였으니 얼마나 큰지 짐작도 되지 않았다. 이거 완전히 거인 아니야. 그 키에 까만 뿔테 안경 너머로 보이는 긴 눈매는 시종일관 평정심을 꼿꼿이 유지한 상태로 여명과 리아를 내리깔고 있었다. 리아는 절로 기가 죽었지만 여명은 태연했다.

"보다시피 새늘고 1학년 최고 미녀 둘이 있는 동아리! 설명이 더 필요한가?"

저 천연덕스러운 말투. 오히려 리아의 얼굴이 붉어졌다. 안경 낀 녀석 옆의 스포츠머리가 풋 하고 웃음을 터트렸다. 뒤늦게 시선이 닿은 이 녀석은 여명보다 키가 좀더 크고 까무잡잡했다. 그래도 상대를 앞에 두고 웃은 게 민망한지 '미안, 미안' 하며 진심이 전혀 담기지 않은 사과를 덧붙이는 모습이 안경 낀 녀석보다는 인간적으로 보였다.

"그건 아까 쪽지에 썼잖아. 다른 내용은 없어?"

안경 낀 녀석은 여명의 허풍 가득한 말에도 얼굴색 하나 변하지 않았다.

"아, 그랬나."

여명은 머리를 긁적이더니 곧바로 태세를 전환했다.

"자율 동아리로 1학년 토론 동아리를 조직할까 해. 찬반 그룹을 나누기 좋게, 또 남녀 비율을 고려해서 인원은 네 명으로 구성하고 싶어. 1학년 국어A 선생님은 이미 동아리를 맡았다고 하셔서, 국어B 선생님께 지도교사를 부탁드리려고. 토론 동아리의 장점은 활동 구성을 자유롭게 할 수 있다는 거야. 어떤 주제로 토론해도 동아리 활동 목표에 어울리거든. 우리 진로에 도움이 되는 생기부를 구성할 수 있다는 이야기지. 나는 1학년 2반 반장 차여명이야. 문예창작과 지망이라 다양한 분야의 지문을 자료로 토론하고 글을 쓰는 활동이 필요해. 그래서 토론 주제는 특별히 가리지 않아도 괜찮아. 주제는 너희가 선정해. 이 정도면 괜찮지 않아? 참, 그리고 얘는 내 친구, 같은 반 유리아. 나보다 공부는 물론 잘하고."

리아는 속으로 깜짝 놀랐다. 여명이 장난삼아 동아리 활동을 제안한 줄로만 알았는데, 이렇게 철저한 계획을 마음속에 품고 있다니…… 그럼 저 녀석들을 멤버로 선택한 데도 이유가 있을까.

"나는 의대 지망인데…… 토론 주제가 그쪽으로 치우쳐도 상관없겠어?"

안경 낀 녀석이 흐음, 입맛을 다시며 물었다.

"어차피 편독은 좋지 않으니까 문학이나 인문사회 분야도 아예 배제하진 않을 거 아냐? 난 괜찮아. 리아, 너는?"

"어? 어…… 나는 사실 아직 진로를 정하지 못해서…… 상관없어."

갑작스러운 질문에 당황한 리아가 얼렁뚱땅 대답했다.

"야, 마세빈. 너는?"

"나야, 뭐. 네가 하면 나도."

안경 낀 녀석이 옆구리를 쿡 찌르자 스포츠머리도 헤실헤실 웃으며 오케이 사인을 날렸다.

"그럼 동아리 활동 계획서는 언제 만나서 쓸까?"

벌써 결정을 끝냈는지 안경 낀 녀석이 여명에게 물었다. 결단이 빠른 녀석이군. 그러나 여명은 한쪽 입꼬리를 올리며 씩 웃더니 고개를 절레절레 저었다.

"그것보다 먼저 할 일이 있잖아."

안경 낀 녀석과 스포츠머리는 서로 마주 보더니, 다음에는 여명과 리아의 얼굴을 번갈아 훑어보았다. 리아 역시 영문을 몰라 '어쩌라고' 하는 표정으로 바라볼 수밖에 없었다.

"너희 이름."

여명이 입을 열자 비로소 이유를 알았다는 저 표정들. 이번에는 스포츠머리가 먼저 대답했다. 방실거리며 웃는 얼굴에서 누가 봐도 무던한 성격이 묻어났다. 여명과는 또 다른 느낌이었지만.

"나는 1학년 6반 마세빈. 얘는 같은 반 주이룸. 혹시 공부 잘하는 애를 원한 거라면 잘 찾아왔어. 주이룸, 얘 새늘고 입학식 때 선서했던 거 알지? 현재 전교 1등인 귀하신 몸이라고."

"닥쳐라, 좀."

말이 끝나기가 무섭게 세빈이 복도에서 도망치고 그 뒤를 이룸이 쫓는 추격전이 벌어졌다. 얼마 지나지 않아 이룸의 삼선 슬리퍼가 허공에서 포물선을 그리며 세빈의 뒤통수를 가격했다.

"병신!"

"야!"

그리고 이번에는 쫓는 자와 쫓기는 자가 뒤바뀐 추격전이 다시 시작되었다. 조금 전만 해도 정말 안 어울리는 한 쌍이라고 생각했는데, 왜 둘이 친구인지 알 만했다. 여명과 나도 분명히 닮은 구석이 있겠지. 리아는 고개를 도리질하면서 다시 새늘 2관 안쪽, 학생들 틈바구니에 섞여 공부하던 자리로 되돌아갔다.

혹독한 겨울이 지난 지 얼마 되지 않아 날은 금세 더워졌다. 파랗고 맑은 하늘 아래 불어드는 바람에도 후끈한 열기가 실렸다. 바야흐로 5월이 도래한 것이다. 이미 어린이보다 어른에 가까워진 고등학생들에게 이번 달 달력에서 가장 중요한 행사로 부상한 어버이날을 앞두고, 새늘고 5월 첫 금요일 7교시에는 교내 글짓기 대회가 개최되었다.

"오늘 창체 시간에는 〈나의 '효' 실천 사례 쓰기 대회〉가 있다. 참가 양식 나누어 줄 테니까 모두 최선을 다해서 작성하자."

전국 자립형 사립고 중 전년도 의대 입학 순위 3위, 서울대 입학 순위 5위를 기록한 새늘고. 그렇기에 시간마다 치열하기 짝이 없는 입시 경쟁을 피할 수 없는 곳. 담임선생님이 설명을 끝내기 무섭게 사각거리는 펜 소리에 리아는 심장이 조여들었다. 시간 안에 풀어내야 하는 시험지인 양 책상 위에는 흰색 B4 사이즈 원고지가 떡하니 놓였다. 그럼에도 차마 손이 움직여지지 않는 건 왜인지. 리아는 그저 종이 쪼가리에 불과할 뿐인 원고지를 물끄러미 바라보며 생각에 잠겼다.

'효……?'

리아가 마지막으로 아빠와 연락한 시점은 일주일 전이었다. 중간고사가 끝난 뒤 떠나기로 예정된 수련회 참석 여부를 결정하기 위해서 보호자의 의사를 물어야 했기 때문이다. 사실 가든 안 가든 상관없었다. 그래도 형식상으로나마 확인 절차는 거쳐야 했다. 만약 이 절차가 싫어서 멋대로 안 간다고 했다가는 분명 담임이 아빠에게 전화를 걸고 말 테니까.

단호하게 이름 석 자로 저장한 아빠의 연락처를 길게 누르자 신호음이 들렸다. 통화를 위해 휴대전화를 손에 쥐고 기숙사 앞마당에 나가기로 결정한 순간부터 이미 심장박동이 빨라진 터였다. 차라리 받지 말았으면, 하고도 생각했다. 어차피 다시 걸어야 할 테지만.

벨이 여섯 번쯤 울리자 아빠는 전화를 받았다. 얼른 용건만 간단히 마무리 지어야지. 그렇지 않으면 멋대로 뛰는 심장 때문에 이성을 잃어서 휴대전화에 대고 비명을 지를지도 모르니까.

"저예요, 리아."

"네가 무슨 일이냐? 지방 내려가서 연락 한 번을 안 하더니, 원. 에잇! 이런 년도 딸자식이라고."

"……27일부터 2박3일 수련회예요. 저, 다녀와요?"

"그걸 왜 나한테 물어? 네가 알아서 결정해."

늘 그랬듯 아빠는 비꼬기만 하고 정작 용건에 대한 대답은 피했다. 그 이유가 돈 때문인지 관심이 없어서인지는 모르겠지만. 초등학교 고학년 이후로 장학금이나 후원으로 학비를 대부분 충당해온 리아였기에 이런 순간마다 치밀어 오르는 거북한 감정은 더욱 견디기 어려웠다.

"네."

불현듯 뇌리에 떠오르는 얼굴, 여명이었다. 그래서 이번에는 수련회에 갈까도 싶었다. 아빠 몰래 모아둔 돈이 없지 않았으니까. 그렇게 전화를 끊으려는 찰나, 궁금하지 않은 아빠의 안부가 리아를 붙잡았다.

"네 아빠, 요즘 허리 아파서 일도 쉬어."

"……"

"걱정도 안 되냐? 몹쓸 년. 제 어미를 닮았나."

"……"

"집구석 들여다볼 생각이 있긴 해?"

"……끊을게요."

리아에게서 지긋지긋한 밤의 굴레를 벗긴 초경. 하지만 그것조차도 마냥 좋아할 일은 아니었다. 왜냐하면 생리를 시작한다는 건 어른이 되었다는 의미였으니까. 초경을 한 열두 살 여름부터 리아는 가정에서 어엿한 성인 여성 한 명, 아니 — 그 이상의 몫을 해야 했다. 어쩌면 그보다 조금 이전부터였는지도 모른다. 미처 뒤처리를 못 하고 세탁물 사이에 처박아 둔 피 묻은 팬티를 들킨 뒤로 아빠는 더 이상 리아의 몸에 손을 대지 않았지만, 그럼에도 그의 지배 아래 있는 단칸방을 마치 아내처럼 돌보기를 아주 대놓고 기대했다.

하교 후 집에 돌아오면 행여라도 그가 몰고 온 공사장의 분진이 남아 있을까 봐 조마조마한 가슴을 다스리며 방 안을 쓸고 닦았다. 어느덧 순두부찌개는 식당을 차려도 손색없을 정도로 잘 끓이게 되었다. 아빠가 가장 좋아하는 안주였으니까. 주거니 받거니 할 동무도 없어 딸을 붙잡고 주정하는 아빠가 쓰러져 코를 골 때까지 모퉁이가 닳은 상 옆을 지키는 일도 리아의 역할이었다. 그런 다음 묵묵히 자리를 치우고 스탠드의 희끄무레한 불빛에 의지해 교과서를 펼쳤던 것이다.

그때 찌개에서 끓어오른 수증기에 벽이 파먹히듯 시커멓게 변해가던 리아의 마음은 — 과연 지극한 효심이 맞을까? 항상 좁아터진 방에서 탈출하기만을 꿈꾸며, 때로는 아빠가 죽어버리기를 기도하던 리아였다. 그렇다면 리아는 아빠 말대로 정말 몹쓸 년인 걸까?

아빠의 물음에 끝까지 대꾸하지 않고 전화를 끊었던 밤, 리아는 풀던 수학 문제집을 책상 위에 내팽개치고 곧장 기숙사 506호실 안쪽, 삐걱대는 2층 침대의 사다리를 올랐다. 그리고 베개에 얼굴을 파묻고는 이불을 머리끝까지 뒤집어쓴 채 평소보다 일찍 잠을 청했다.

지금 딱 그때 그 상태였다. 흰색 B4 사이즈 원고지를 바라보기만 해도 리아는 나가떨어질 것만 같았다. 손가락 하나 움직일 기운도 없었다. 결국 까무러치고 말았다.

유

리

아

유

리

아

"유리아, 유리아! 리아야! 정신 좀 들어?"

딱 붙어 떨어지지 않는 눈꺼풀 사이를 억지로 비집고 들어온 얼굴은 다름 아닌 여명이었다. 여명은 귀청이 떨어지라고 리아를 목 놓아 부르는 중이었다. 혹시라도 리아가 제 이름을 잊기라도 했을까 봐.

"……어디……야?"

"보건실. 정신 좀 들어? 병원 안 가도 되겠어?"

"으…… 응. 아…… 나, 잠깐 현기증이 나서……"

리아가 침대에서 몸을 일으켰다. 침대 곁에 의자를 놓고 딱 붙어 앉은 여명 뒤에는 담임과 보건교사가 나란히 서 있었다.

"리아야, 병원 진짜 안 가봐도 되겠니?"

담임이 걱정스러운 표정으로 물었다.

"아, 생리 중에 종종 이래요. 빈혈이 있거든요."

리아는 짐짓 대수롭지 않은 목소리로 대답했다.

"쓰러지는 증상은 절대 쉽게 볼 문제가 아냐. 부모님께 연락드려서 꼭 검진받아 봐. 전화를 안 받으시던데…… 나중에라도."

곁에 서 있던 보건교사도 말을 얹었다.

"제가 말씀드릴게요. 염려해주셔서 감사합니다."

침대에서 일어난 리아는 실내화를 신었다. 이제 교실로 돌아갈 시간. 여명이 팔짱을 끼며 부축했다.

"돌아가보겠습니다. 감사합니다."

둘은 꾸벅 인사한 다음 나란히 보건실을 빠져나왔다.

"진짜 괜찮아?"

여명이 물었다, 코가 닿을 만큼 얼굴을 가까이 대고. 여명의 가늘고 까만 생머리가 리아의 뺨에 스쳤다. 리아는 당황해서 고개를 휙 돌렸다.

"괜찮다니까."

"그렇다면 다행이고. 갑자기 쓰러져서 걱정했어."

여명은 참 다정스럽게도 말했다. 그리고 리아의 느릿한 걸음에 맞춰 좁은 보폭으로 걷기 시작했다. 맞붙은 팔에서는 송골송골 땀이 솟는 느낌이 났다. 리아가 팔짱을 풀려 했지만, 여명은 놓지 않았다. 이대로 쭉 붙들고 있을는지.

"좀 놔줘."

리아는 도저히 견딜 수가 없었다. 더는 위험해, 라고 온몸의 감각이 외치고 있었다. 어서 이 위태로운 자리에서 벗어나야 했다.

"너무 덥다. 또 쓰러지겠어."

억지로라도 웃자, 그래야 믿겠지. 리아는 여명을 보며 양쪽 입꼬리를 씩 올렸다.

"덥긴 하네. 그래, 좀 떨어지자. 조심히 걸어."

여명은 그제야 팔짱을 풀고 10센티미터 정도 멀어졌다. 손가락이 닿을락 말락 스쳤다. 때마침 바람이 불지 않아서 다행이었다. 그렇지 않았다면……

며칠이 지났다. 하얀 벽에 어른대는 필름 속 스토리. 공간을 꽉 메우는 인물들의 언어에 벅차오르는 감정이란…… 손에 쥐고 있던 팝콘이 툭, 바닥에 떨어지는 것조차 모르고 모두 숨을 죽였다. 당장이라도 화면 안으로 빨려 들어가도 마다하지 않을 듯한 집중력이었다.

열두 살 생일을 맞아 린지는 부모님과 러버 시티에서 가장 인기 있는 AI 월드에 찾아갑니다. 그곳에서 휘황찬란한 조명 아래 사랑스러운 미소로 린지를 바라보는 꼬마 로봇, 톰을 만나게 됩니다. 부모님의 만류에도 불구하고 린지는 톰을 생일 선물로 집에 데려오지만, 얼마 지나지 않아 싫증이 나고 톰은 결국 로봇 처리반에 넘겨집니다. 일방적으로 린지와 헤어져야 하는 상황에서 톰은 그녀에게 이런 질문을 던집니다.

"만약 제가 인간이 된다면 당신 곁에 머무를 수 있나요?"


"더 못 보겠어⋯⋯ 좀 쉬었다가 보자⋯⋯."

리아가 눈물 콧물이 범벅된 얼굴로 화면을 향해 오른손을 마구 흔들어댔다.

"아, 진짜 슬프긴 하다. 아니! 무책임하게 어린애를 함부로 버리면 어떡해. 로봇이면 저래도 되는 거야? 쟤 진짜 너무하네!"

세빈이 코를 한 번 킁 들이마시더니 리모컨으로 빔 프로젝터를 조작했다. 그러자 넷이 나란히 앉은 소파 앞 하얀 벽에서 휙휙 움직이던 영상이 멈추었다. 순간 띠옹, 하는 눈으로 여명과 이룸이 세빈을 매섭게 노려보았다.

"야! 마세빈! 갑자기 그걸 왜 끄냐고!"

"하⋯⋯ 클라이맥스 모르냐, 클라이맥스. 본격적인 스토리가 지금부터 시작인데!"

여명과 이룸의 열띤 항의에 세빈은 머리를 긁적였다.

1. 리아—기억 그리고 감정

"아니, 지금 리아가 슬픔을 너무 주체 못 하고 있잖아……"

정말 리아는 새빨간 토끼 눈을 한 것도 모자라 눈물까지 그렁그렁 머금고 있었다. 영화 속 주인공 톰이 소녀를 여전히 그리워하는 마음에서 좀처럼 헤어 나오지 못한 채.

방과후 수업이 없는 6월 셋째 주 금요일 오후, 넷은 동아리방 〈논하라〉에 모여서 토론에 활용할 자료인 영화「TOM」을 감상하는 데 한창이었다. 기말고사가 이제 곧임에도 불구하고 느긋하기 짝이 없는 리아, 여명, 세빈, 이룸. 원래 시험은 정정당당하게 평소 실력대로 치르는 법. 이런 문제에서는 가치관이 유독 잘 맞는지라 넷은 담 너머로 배달받은 햄버거와 감자튀김, 레모네이드를 한 상 건하게 차린 다음 〈논하라〉를 간이 영화 감상실로 꾸민 상태였다.

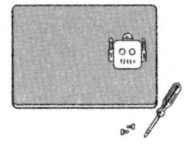

　동아리방 〈논하라〉는 리아, 여명, 세빈, 이룸—오직 그들만을 위한 공간이었다. 멈추지 않고 달리는 방법밖에 가르치지 않는 새늘고에서 유일하게 쉬어 갈 수 있는 지점. 이를 위해 한정된 동아리 활동 지원금으로 최대한의 편익을 얻고자 얼마나 머리를 맞댔는지 모른다.

　뻑뻑한 미닫이로 여닫는 교실과는 달리, 문에 달린 둥근 손잡이를 돌리면 눈앞에 바로 큼지막한 유리창이 보이는 실내. 아직 오후 6시도 되지 않은지라 영화관처럼 안을 어둡게 꾸미려고 쳐 둔 짙은 노란색 커튼. 그 두꺼운 암막에 리아와 여명이 펀치로 뚫은 별무늬마다 초여름 햇살이 뚫고 들어와 바닥에 불규칙한 패턴을 그렸다. 영화가 상영 중인 벽 맞은편에는 여명과 리아가 붙어 앉은 연한 베이지 소파와 세빈과 이룸이 드러눕다시피 한 짙은 갈색 소파가 약간의 간격을 둔 채 기다랗게 놓여 있다. 필요에 따라 소파가 되기도, 펼치면 침대가 되기도 하는 만능 아이템이지만 대개 소파로 사용한다.

그 앞에는 파티에 빠질 수 없는 먹거리를 잔뜩 올려둔 테이블이 놓여 있다. 학교 뒤뜰 재활용 센터에 버려진 원목 테이블을 세빈과 이룸이 주워 와서, 리아와 여명이 열심히 닦아놓은 것이다. 아마도 교무실에서 쓰던 가구가 아닐까 싶다. 천장에는 동아리 활동 지원금에서 가장 큰 금액을 투자해 사들인 빔 프로젝터와 스크린이 설치되어 있다. 주로 토론할 때 각종 시청각 자료를 제시하는 용도로 사용하는데, 지금처럼 영화나 음악을 감상할 때면 진가를 발휘하는 요물이다. 그 외에도 감각적인 포스터와 사진들로 장식한 창고 대용 회색 캐비닛과 반투명 플라스틱 박스들, 자석 칠판 등이 벽을 채우고 있다.

얼렁뚱땅 조직된 동아리 활동은 꽤 재미있게 흘러가고 있었다. 〈논하라〉를 담당하는 국어B 선생님은 계획서에 이름만 빌려주었을 뿐, 멤버들이 실제로 뭘 하는지 전혀 관심을 두지 않았으니까. 그녀는 그런 사소한 일까지 신경 쓰기에는 맡은 수업과 업무만으로도 너무 바쁜 사람이었다. 덕분에 리아를 비롯한 여명, 세빈, 이룸은 다른 학생들이 따분하다고 몸서리치는 토론의 교내 정착 및 진흥에 이바지하겠다는 그럴듯한 명분 아래 주어진 시간과 공간을 지금처럼 아주 멋대로 사용할 수 있었다.

물론 처음에야 다들 고고한 표정으로 도서관에서 빌려 온 책을 펼치고 앉아 배아 복제를 찬성하는 근거가 어쩌고, 반대하는 근거는 또 어쩌고 하며 잘난 척 떠들어댔다. 하지만 점점 만나는 횟수가 잦아지면서 그들의 토론은 배경음악을 기본으로 깔고 이 가수는 이래서 글러 먹었다, 네가 뭔데 내 가수를 비난하느냐—혹은 영화를 틀어놓고 저 배우는 발 연기조차 안 된다, 너는 발 연기를 논할 내공도 없다—뭐, 이런 식으로 진술하다고밖에 할 수 없는 지경으로 변질되어갔다.

물론 가끔 싸우기도 했다. 지난주였던가.

"리아야, 너도 뭐라고 한마디 해! 가만히 있지 말라고. 아니, 세븐틴에서 누가 제일 잘생겼는지 논하는 이 중요한 순간에 입을 열지 않는다는 게 말이 돼?"

"야, 차여명. 리아까지 끌어들이지 마라. 리아는 세븐틴에 관심이 없어요."

그날은 세븐틴의 명곡 「손오공」 직캠을 본 후 누가 가장 핫한 멤버인지 논하는 데 다들 여념이 없었다. 여명은 도겸이야말로 만인의 '최애'가 될 자격이 있다고 홀로 부르짖는 중이었고, 세빈과 이룸은 그 기생오라비 같은 놈에게 목매는 이유를 왜 논해야 하는지 모르겠다며 반박하는 중이었다.

"마세빈, 네가 그딴 소리를 하니까 리아가 대답을 더 못 하는 거야! 유리아, 괜찮아. 네 진심을 터놓고 말해. 도겸이지? 그렇지?"

여명은 세빈에게 눈을 한껏 흘기더니 리아에게 더없이 살가운 표정으로 물었다. 리아는 애써 웃음을 지었다. 그러곤 곧 바닥으로 고개를 떨구었다.

"하…… 여명아, 여명아! 리아가 대답을 못 하잖아. 그만 좀 해라. 리아는 너랑 다르다고! 끌어들이지 말라고!"

결국 세빈 옆에서 침묵만 지키던 이룸까지 여명을 타박하고 나섰다. 여명의 양쪽 입꼬리가 축 처지더니, 울상이 된 얼굴로 동아리방 〈논하라〉를 뛰쳐나갔다.

뭐, 대부분 이런 식의 종결. 그리고 다시 만나면 아무 일 없었던 듯 인사를 나누는 일상. 〈논하라〉 멤버들은 이처럼 느슨하면서도 한올진 사이가 되어가고 있었다.

"그래, 영화는 이쯤 보자. 여기까지만 보고 토론해도 충분하잖아. 「TOM」을 감상했으니 이제 로봇 산업에서 지켜야 할 윤리적 문제에 대해 한번 논해보자고."

여명의 말이 끝나기 무섭게 이룸과 세빈은 익숙한 몸놀림으로 빔 프로젝터의 전원을 끄더니, 나란히 놓여 있던 소파 둘이 마주 볼 수 있게 위치를 옮겼다.

"그럼, 논제부터 이야기할게요. '로봇공학자는 감정을 지닌 휴머노이드를 개발해야 한다.' 논제에 대한 찬성, 반대 견해를 밝혀주세요."

여명은 동아리 회장답게 익숙한 말투로 토론을 진행하기 시작했다. 왼편 소파에는 여명과 리아, 오른편 소파에는 세빈과 이룸이 앉아서 서로를 마주 보았다.

"먼저 찬성, 손 들어주세요."

손을 드는 사람은 아무도 없었다.

"뭐야? 모두 반대인 거야?"

리아, 세빈, 이룸은 일제히 고개를 끄덕였다.

"이러면 토론이 안 되잖아. 억지로라도 팀을 나누어야겠네."

여명은 난감한 표정이었다.

"그런데 영화 주제가 지나치게 편향적이었어. 아니, 저렇게 어린애가 인간이 되고 싶다고 우는데…… 인간과 공존이고 뭐고 간에 저딴 로봇을 만든 닥터 크리스라는 놈을 족쳐야 하는 거 아냐?"

대개 냉정을 지키는 이룸이었다. 녀석 역시 리아처럼 울지는 않았지만 영화에 잔뜩 몰입한 게 분명했다.

"그래, AI에 감정까지 끼워 넣는 건 정말 선 넘었다고."

세빈도 이룸의 말에 맞장구쳤다. 리아도 고개를 세차게 끄덕거렸다.

"다들 영화 보고 아주 흥분했네. 논리는 없고 감정만 폭발적이야. 오늘도 역시 토론이 안 되겠는데."

여명이 빙긋 웃었다.

"그런데 처음 톰을 데려오면서 린지 아빠가 했던 말, 생각 안 나? 톰의 감정이 뭐 때문인지 다들 생각해봐. 내 생각에 AI가 지닌 감정을 컨트롤하려면, 꼬마 로봇을 버리기보다 그것부터 조작하는 게 우선이었어."

여명은 뒤돌아 창가에 붙어 서더니 누구에게 하는 말인지 짐작할 수 없을 정도로 아주 작게, 들릴 듯 말 듯한 질문을 던졌다. 리아는 정답이 알고 싶어서 여명의 곁으로 바짝 붙었다.

"그게 뭔데?"

아무리 생각해도 영화 속 장면들이 필름처럼 머릿속을 빠르게 스쳐 지나가고 마는 바람에 리아는 여명에게 되물을 수밖에 없었다. 그러자 여명은 리아와 눈을 맞춘 뒤 또박또박 말했다.

"기억."

"기억······?"

"응. 톰이 린지를 영원히 기억할 거라고, 처음 톰을 데려올 때 린지 아빠가 말했잖아. 기억 말이야. 리아야, 감정이란 건 결국 기억에서 파생되는 게 아닐까? 그리고 AI도 인간처럼······"

감정은 기억에서 파생된다. AI도 기억이 있다면 감정을 느낄 수 있다. 리아는 여명의 그 말이 너무 신기해서 한참을 속으로 중얼거렸다. 그런 오후가 있었다.

창틀을 넘어오는 바람에서도 비릿한 금속 맛이 났다. 이것이 생과 사의 경계를 가르는 맛일까? 리아는 운동장으로 난 동아리방 창문에 기대어 입을 크게 벌리고 바람을 입에 머금었다. 여명이 떠올라 눈물이 주르륵 흘렀다. 당장에라도 뛰어내리고 싶었지만 여기서 떨어져봤자 죽지 않으리라는 사실은 뻔했다. 고작 다리 하나, 팔 하나 부러지고 말겠지. 그런 머저리 같은 짓을 할 수는 없다.

"야, 유리아!"

"정신 차려! 인마, 뭐 하는 거야!"

갑자기 문이 벌컥 열리는 소리와 함께 우악스러운 손아귀들이 리아의 양팔을 붙잡고 창가에서 잡아끌었다. 순식간에 셋은 바닥에 나뒹굴었다. 세빈과 이룸이었다. 어찌나 숨 가쁘게 뛰어왔는지 둘은 거친 호흡을 도무지 진정시키지 못하고 있었다.

"이 멍청아! 따라 죽을 거야? 죽을 거냐고!"

이룸이 고래고래 소리를 질러댔다. 리아는 허깨비 같은 표정으로 그냥 널브러져 앉아 있었다. 세빈은 곁에서 이룸의 어깨를 잡아 흔들었다.

"야, 진정해. 그만하라고."

"씨발……"

이룸은 머리를 한 번 쥐어뜯으며 자리에 주저앉더니 감싼 어깨 사이로 고개를 파묻었다.

"리아야."

세빈이 다가와 손을 내밀었다.

"일어나. 소파에 가서 앉자."

리아는 비실비실 일어나서 세빈의 손을 잡았다. 그런 다음 언젠가 다 같이 모여 영화를 보고, 음악을 듣고, 토론을 하고, 수다를 떨던 바로 그 소파에 턱 하니 걸터앉았다. 맞은편 벽에는 다 같이 찍은 네컷사진이며 폴라로이드, 각종 알림을 휘갈겨 쓴 포스트잇이 어지럽게 붙어 있었다. 여명의 흔적들. 리아는 또다시 머리가 지끈거렸다. 그래서 두 눈을 감았다.

"……한 번만 다시 만나고 싶어."

"……?!"

"여명이 말이야. 한 번만 다시 만나고 싶다고."

여전히 두 눈을 감은 채 말했다.

"그게 말이 되냐?"

이룸이 날카롭게 쏘아붙였다. 세빈이 이룸의 옆구리를 쿡 찔렀다.

"그러니까 꿈인 거잖아. 왜, 우리 기말고사 전에 여명이랑 마지막으로 본 영화 기억 안 나? 「TOM」. 거기에서도 톰이 푸른 요정에게 소원을 빌잖아. 인간이 되게 해달라고. 나도 그렇다고. 그냥 여명이를 만나고 싶어. 내가 죽어서든 여명이가 살아 돌아오든 만나고 싶다고. 아니면 톰처럼 로봇이라도 좋으니까……"

리아는 말끝을 흐리더니 급기야 얼굴을 감싸고 또다시 울먹이기 시작했다. 〈논하라〉에 흐르는 공기는 여름임에도 차가웠다. 역시 창을 열어둬서일까. 창틀을 넘어온 바람은 냉혹한 금속성을 띨 수밖에 없으니까……

아주 긴 시간이 흐른 뒤, 빛바랜 AI 월드의 입구에서 톰은 유일하게 색이 그대로인 푸른 요정 로봇을 만났습니다. 톰은 그녀에게 간절한 마음으로 소원을 빌었습니다.

"부디 린지를 다시 만나게 해주세요."

그러자 배터리가 닳아서 감기는 톰의 눈앞에 희미한 린지의 얼굴이 떠올랐습니다.

"사랑해, 톰."

'내 소원도 이루어질 수 있을까? 그 꼬마 로봇처럼?'

그날 봤던 영화의 결말을 떠올리며 리아는 눈물을 떨구었다. 아직 여명에게 사랑한다는 말 한 번 하지 못했다. 차마 털어놓기도 전에 내 인생의 전부였던 네가 이 세상에서 훨훨 날아가버렸거든.

그것도 아주 멀리 말이야. 여명아, 너는 나를 조금이라도 사랑했니?

"……그러니까…… 차여명 로봇을 만들면 된다는 거지?"

지금까지 바닥에 주저앉아 있던 이룸이 벌떡 일어나더니 리아 쪽으로 다가갔다. 리아는 얼굴을 감싼 손을 떼고 이룸을 바라보았다.

"약속해. 로봇을 만들면 더 이상 허튼짓 안 하겠다고."

이룸의 표정은 매우 진지했다. 거짓 같은 건 요만큼도 찾아볼 수 없었다. 녀석은 고개를 옆으로 돌려 세빈을 바라보았다.

"세빈아, 너도 할 거지? 여명이 로봇 만드는 거."

"……가능할까?"

세빈은 의구심 어린 표정으로 이룸을 바라보았다.

"생각해보면 못 할 것도 없어. 우리 나름 전국 10위 안에 드는 자사고에서도 톱 찍는 수재들 아니야? 목표 세우고, 자료 찾고, 계획 수립하고, 그다음에 프로젝트 추진. 한두 번 해본 거 아니잖아. 여태껏 해왔던 대로 하면 돼."

이룸은 조금 전까지 좌절하던 모습은 온데간데없이 자신감 넘치는 목소리로 꿈같은 이야기를 떠들어댔다.

"우리가 제작할 로봇의 이름은 차여명을 닮은 휴머노이드, 닮1호다. 지금부터 '닮1호 프로젝트' 시작인 거야. 모두 알겠지?"

이제 〈논하라〉의 키는 동아리 부회장인 이룸에게로 넘어갔다. 녀석의 물음에 리아와 세빈은 고개를 끄덕였다.

"이제 울고 있을 시간 없어. 패드 꺼내, 다들. 지금부터 로봇 관련 자료부터 검색해."

그렇게 '닮1호 프로젝트'의 서막이 올랐다. 유달리 습하고 무더운 여름방학의 시작이었다.

'어쩌면 리아는 사실 여명이를 사랑하는 게 아닐까?'

세빈은 가슴이 답답해졌다. 날카로운 송곳으로 명치를 쿡쿡 찌르는 느낌이 역력했다. 가슴속에 메아리칠 뿐인 질문을 덮치는 통증의 원인까지는 굳이 따지고 싶지 않아 더 이상 생각은 그만두기로 했다. 하지만 의지란 뇌와 별개의 영역인지 잡념은 좀처럼 사라지지 않았다.

"야, 마세빈!"

때마침 이룸이 세빈을 부르며 어깨에 손을 올린 건 정말 끝내주는 타이밍에 맞춰 일어난 일이었다. 쓸데없이 먼지만 사락사락 일으키는 생각 더미를 날려버릴 수 있었으니까.

"어."

"집에 가려고? 같이 가."

"너는 기숙사 안 들어가고?"

"오늘 금요일이잖아. 나도 집에 가야지."

세빈은 집이 순천 조례동이어서 버스로 통학 중이지만, 이룸은 광주 남구 봉선동인지라 기숙사에서 지냈다. 그래서 금요일 오후면 본가에 갔다가 일요일 밤에 기숙사에 복귀했다. 여름방학이라 해도 봐주는 법이란 없는 새늘고. 잠시 지루할 정도로 확고한 친구의 루틴조차 잊어버린 세빈이었다.

"그런데 너, 아까 그 로봇 이야기 뭐야? 진짜 만들자는 거야?"

"당연하지. 안 만들면 유리아 걔, 당장에라도 죽게 생겼잖아. 만들어야지."

역시 농담이 아니었어. 그런데 어떻게? 도깨비방망이라도 있어서 뚝딱 내리치면 로봇이 튀어나오는 것도 아닐 텐데. 세빈은 기가 막혔다.

"누가 만드는데?"

"아까 말했잖아. 우리가."

이룸은 너무나 태연자약한 얼굴이었다. 우리가 로봇을 만든다, 우리가 차여명 로봇을 만든다, 우리가 닭1호 로봇을 만든다……

"어떻게 만들어? 뭐, 레고로?"

세빈은 어안이 벙벙한 표정으로 되물었다. 이 새끼가 돌았나, 하는 눈빛으로 말이다.

"너 물 로켓인지 수소 로켓인지…… 뭐, 중딩 때 만들어서 전국대회에서 대상 받았다고 하지 않았냐?"

"병신아! 로봇하고 로켓하고 같냐? '봇'하고 '켓'이 다르잖아!"

세빈은 자기보다 머리통 절반은 훌쩍 큰 이룸의 뒤통수를 냅다 올려 쳤다. 이룸은 악, 비명을 지르며 머리 뒤를 문질렀다.

"나도 코딩은 좀 할 줄 알고…… 뭐, 어찌어찌 되겠지. 리아가 제일 적극적일 테니 방법을 찾아주지 않을까?"

"주이룸, 너 이렇게 막 질러대는 타입이었냐? 미친놈. 진짜……"

"주말 동안 각자 자료 찾아보기로 했으니까 잘되지 않겠어? 나 버스 타러 간다!"

이룸은 무책임한 말만 남기고 때마침 도착한 광주행 고속버스를 타러 정류장으로 뛰어갔다. 세빈은 친구가 떠난 뒷모습을 바라보며 투덜대다가 바지 주머니에서 휴대전화를 꺼내 들었다. 모든 질문에 척척 답해주는 AI 검색 기능이 떠올라서였다. 로봇 제작 방법. 세빈은 이 여섯 글자를 입력하고도 끝내 클릭하지 못했다.

"로봇이 아니라 차여명 만드는 방법이잖아. 그걸 나보고…… 어떻게 찾으라고……"

### 닮1호 제작 방법

**〈외부〉**

인간. 여성. 약 170센티미터. 마른 체형.

흰 피부. 코허리에 주근깨 약간. 쇼트커트.

물어뜯어서 쥐 갉아 먹은 듯한 손톱.

하얀 컨버스를 즐겨 신음.

〈내부〉
학급 반장과 동아리 회장을 도맡을 정도로 리더십이 뛰어남.
친화적인 성격으로 주변에 늘 사람이 많음.
웃음이 많고 장난을 좋아해서 자주 가끔 열받게 함.
글을 잘 써서 문예창작과를 지망함.

∴ 왜 그런 선택을 했는지 알 수 없음.


 여명은 진지함과는 거리가 멀었다. 그래서 어둠이라곤 모를 줄 알았다, 바보처럼……
 점심시간이었지. 그날 세빈은 전국 수학 경시대회에 도 대표로 출전하느라 훌쩍 떠나버린 이름의 자리를 앞에 비워두고, 새늘 2관의 널따란 책상에 혼자 앉아 수학 문제집을 들여다보고 있었다. 푸는 게 아니었다. 정말, 들여다보고만 있었다.
 아무리 못해도 누나만큼은 해야 한다고 들들 볶는 아버지. 그런데 누나는 서울대 갔다고요. 좀처럼 오르지 않는 성적. 너무 앞서 달리고 있어서 따라잡을 엄두조차 나지 않는 친구……
 계속 들여다봐도 문제는 흐릿하게만 보였다. 이제는 수학도 모자라 국어조차 못하게 되어버린 걸까? 순간 매직아이처럼 리아의 얼굴이 떠올랐다. 언제부턴가 자꾸 신경 쓰이는 그 애. 작고 동그랗고 말수 적은 그 애가. 그래서 문제집 한 귀퉁이에 리아의 얼굴을 연필로 쓱쓱 그리기 시작했다.

그때였다.

"마세빈."

누가 뒤에서 세빈의 어깨를 툭 치며 귀에다가 이름을 속삭였다. 한창 그림에 빠져 있던 차에…… 기척도 느끼지 못했던 세빈은 놀라서 후다닥 문제집을 덮었다. 그리고 뒤를 돌아보았다.

"잠깐 밖으로."

세빈을 찾아와 불러낸 사람은 다름 아닌 여명이었다. 혹시라도 봤을까. 봤다면 내 마음을 눈치챘겠지. 세빈은 심장이 두근거리다 못해 터질 것만 같았다.

"나를 왜 부른 거야?"

"아니, 원래 음악 교과서 좀 빌리려고 찾아왔는데……"

여명은 도무지 이해할 수 없다는 표정을 지으며 말꼬리를 흐렸다. 세빈은 이제 심장이 멎기 직전이었다. 목구멍에서는 말도 제대로 나오지 않고 바람 새는 소리가 났다.

"데…… 에…… ㅎ…… 에?"

애처로운 음 이탈. 그럼에도 여명은 전혀 웃지 않았다. 오히려 아주 심각한 표정으로 세빈을 바라보았다. 그러더니 세빈의 손을 덥석 잡았다.

"너 괜찮니?"

세빈은 놀라서 후다닥 여명의 손을 뿌리쳤다.

"아, 뭐야! 징그럽게 갑자기 왜 이래!"

"야! 짝사랑 때문에 힘들면 이 누나한테 이야기하지 그랬어. 내가 네 마음 전달해줬을 텐데……."

역시 그림을 본 게 분명했다. 여명은 깊디깊은 구렁텅이에 빠져 허우적대는 어린 양을 내려다보는 표정이었다. 한숨이 절로 나왔지만 별다른 도리가 없었다. 사실이었으니까. 차라리 잘된 일이라는 생각도 들었다. 여명과 리아는 가장 친한 친구 아닌가. 어쩌면 정말 여명이 도울 수 있을지도 모른다. 세빈은 용기를 내기로 했다.

"정말이야?"

세빈은 침을 꿀꺽 삼키며 물었다.

"당연하지! 너랑 나는 친구잖아. 우리 사이에 그 정도는 아무것도 아니지. 말만 해. 이 누나가 다 도와줄 테니까."

"진짜 고마워, 차여명! 아니, 여명이 누나!"

새삼 여명이 달리 보이는 순간이었다. 세빈도 조금 전 뿌리쳤던 여명의 손을 와락 붙잡고 위아래로 마구 흔들었다. 여명은 흐뭇한 표정으로 주변을 두리번거리더니 세빈의 귀에 입을 가져다 댔다. 그런 다음 나지막한 목소리로 또 한 번 질문을 던졌다.

"그런데 송현이 좋아한 게 대체 언제부터냐?"

"하, 네가 그러면 그렇지. 차여명!"

생각하니 피식 웃음이 나왔다. 아마 리아 역시 이런 기억들이 있기에 여명을 사랑한 건 아닐까.

"일상에서 접할 수 있는 휴머노이드에 뭐가 있는지 알아? 놀랍게도 성인용 리얼돌이야. 요즘 AI를 결합한 리얼돌이 출시됐는데, 인간과 신체적으로 더 유사해진 건 물론이고 의사소통과 감정 교류까지 가능하대."

이룸이 패드 화면을 요리조리 넘기면서 설명했다. 정말 신문 기사에는 로봇이라고는 믿기지 않는 미모의 여성 사진이 게재되어 있었고, 그 밑에는 이 리얼돌에 집약된 첨단 과학의 우수성에 대한 설명이 상세하게 기술되어 있었다.

"역겨워. 설마 닮1호를 이런 사이트에서 주문하자는 소리는 아니겠지?"

리아가 눈살을 찌푸리며 말했다. 리얼돌로 여명을 만들다니, 있을 수 없는 일이었다.

"아니, 그런 뜻으로 한 말이 아니야."

이룸은 뿔테 안경 너머로 눈을 빛냈다. 그리고 세빈 쪽으로 고개를 돌렸다. 세빈은 고개를 끄덕인 다음, 이룸의 말을 이어받았다.

"여기서 리얼돌 하나를 주문해서 뜯어보자는 이야기야."

"왜 굳이 그래야 하는데?"

리아는 도무지 이해되지 않는 얼굴이었다.

"로봇 하나는 뜯어봐야 어떤 원리로 작동되는지 알지. 재조립해서 몸체를 우리 식대로 만들어볼 수도 있고, 또 보완할 부품은 따로 주문하면 되잖아. 우리는 로봇 제작에 문외한이니 그게 가장 쉽게 가는 방법 아닐까? 이게 나와 이룸이가 내린 결론이야. 아니면 다른 대안 있어?"

일리 있는 말이었다. 세빈의 침착한 설명에 리아는 한동안 생각에 잠겼다. 그리고 곧 입을 열었다.

"그렇게 하자. 그게 좋을 것 같아."

리아의 동의가 떨어지자 이룸과 세빈은 얼굴을 마주 보며 눈을 찡긋했다.

"문제는 비용인데, 이게 가격이……"

세빈의 말이 채 끝나기도 전이었다.

"돈은 걱정하지 마. 내가 낼 거니까."

단호한 목소리였다. 비용이 상당할 텐데 리아가 혼자서 어떻게 낸다는 거지? 세빈은 또다시 그날처럼 뾰족한 무언가가 명치를 쿡쿡 찌르는 느낌이 들었다. 아팠다. 그것도 아주 많이.

"이건 나 때문에 시작한 일이잖아. 모아놓은 돈 있어. 그러니까 걱정하지 마. 돈은 내가 낼 거니까."

"흐음……"

리아는 한 글자 한 글자 아주 분명한 발음으로 말한 다음, 〈논하라〉의 문을 열고 밖으로 나갔다. 이룸은 그저 깊은숨만 내쉴 따름. 과연 이 프로젝트를 시작한 게 옳은 선택인지 세빈은 혼란스러웠다.

리얼돌은 기본형으로 주문한 까닭에 일주일도 지나지 않아 도착했다. 포장에 각별히 신경 써달라는 요청이 비단 〈논하라〉 멤버들만의 특이 사항이 아닌 게 분명했다. 외관의 눈속임이 어찌나 감쪽같은지, 한여름임에도 그 모습이 흡사 크리스마스트리처럼 보였으니. 여명을 위한 크리스마스 선물. 아니, 리아를 위한 선물이려나? 세빈은 포장을 뜯으며 오랜만에 환하게 웃는 리아를 힐끔 훔쳐보았다.

겹겹이 싸인 완충재를 벗겨내고 모습을 드러낸 그것은 정말이지 인간 같았다. 누구를 모델로 했는지는 알 수 없지만, 살짝 홍조가 도는 뺨에 오똑한 코, 분홍색 입술이 상당한 미인인 데다 추억 속 만화에서나 볼 법한 세일러복을 입고 있었기에 세상을 떠난 여명과 비슷한 또래라는 확신을 주었다.

어쩌면 리아도 이렇게 누워 있게 될지 모르지. 이렇게 더러운 휴머노이드가 계속 만들어진다면. 세빈의 안에선 역겨운 덩어리가 불쑥 치밀어 올랐다.

"분해부터 하자. 그다음에 내부 작동 원리를 살펴보자고."

이룸의 목소리는 여느 때보다 차분했다. 벌써 손에는 미리 준비해 온 공업용 커터 칼을 쥐고 있었다. 세빈과 리아는 리얼돌 옆에 꿇어앉아 조심스럽게 옷을 벗겼다. 세빈은 마치 살아 있는 소녀를 벌거벗기는 듯한 죄책감이 밀려왔다.

"그럼, 가를게."

이룸은 턱 밑에서부터 칼로 피부를 죽 그었다. 그런 다음 살짝 벌어진 복부의 틈을 양손으로 쫙 벌렸다. 여러 가지 부속으로 치밀하게 구성된 기계 조직이 드러났다.

"여기가 동력원인가 보네."

이룸이 왼쪽 가슴 쪽에 자리 잡은 은색 직사각형 물체를 칼끝으로 툭툭 두드렸다. 리얼돌을 작동시키는 충전용 배터리인 것 같았다. 그때 잠자코 있던 리아가 불쑥 말을 꺼냈다.

"다 살펴보고, 그거 나 좀 줘."

"왜?"

이룸이 의아한 듯 리아에게 물었다. 사실 이유가 궁금하기는 세빈도 마찬가지였다. 단지 아까부터 속이 메스꺼워 입을 열지 못했을 따름이다.

"그거…… 내가 리폼하려고."

"리폼?"

"그 부품, 닭1호의 심장으로 쓸 거잖아. 그러니까 여명이 심장. 그렇게 소중한 걸 저렇게 날것 형태로 두고 싶지 않아."

리아는 작은 목소리로, 그러나 또박또박 힘주어 말했다. 여명과 관련된 일에는 늘 저렇지. 세빈은 이제 속만 메스꺼운 게 아니었다. 왠지 모르게 눈물이 날 것 같아 서둘러 고개를 돌렸다.

"신장을 여명이 키에 맞춰 주문했으니까 척추 역할을 하는 장치는 그대로 살릴 수 있겠어. 하지만 세부 부속들은 우리가 원하는 대로 재조립하면서 형체를 새롭게 만들어야 해. 그 외에 신경 써야 할 문제는 이런 거야. 로봇의 피부, 눈동자, 머리카락 같은 모델과의 외형적 유사성. 특히 얼굴의 모습이 중요하겠지. 가장 핵심 과제는 바로 로봇에 입력할 여명이의 기억이야. AI 챗봇 기반으로 여명이의 의식을 구현할 예정이거든."

이룸이 말했다. 세빈의 머릿속에 두 글자가 콕 들어와 박혔다.

기억.

눈에 보이지도 않고 손에 잡히지도 않는 것.
과연 우리가 그것을 구체화할 수 있을까?

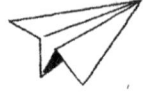

물리적인 문제를 해결하기란 어렵지 않았다. 사고하고 논의하고, 그 결과 산출한 비용(그게 어떤 종류의 비용이건 말이다)을 지불하면 해결되니까. 더욱이 금속으로 만들어진 블록을 조립하는 일이나 다름없는 내부 작업에는 큰 걸림돌이 없었다. 책에 실린 인체 구조를 여명의 키에 맞춰 뽑은 설계도와 견주어보며 부속을 조립하는 지루한 과정이 끝없이 이어졌을 뿐. 첨단 과학의 산물을 완성하기 위해서 아직도 이런 단순하기 짝이 없는 수작업이 필요하다니…… 아이러니한 일이었다. 더욱이 기다란 로봇의 중추부에서 그물망처럼 뻗어 나가는 기계의 촉수를 연결하는 작업은 분명 고도로 발달한 문명의 집합체였지만, 원시 생명체의 발자취를 더듬어가고 있다는 착각에 빠뜨리기도 했다. 현재와 과거가 맞닿아 있다는 말이 바로 이런 의미일까. 세빈은 생각했다.

〈논하라〉 멤버들의 잔머리가 필요한 타이밍은 바로 그다음 단

계였다. 그들이 주문한 리얼돌의 표피는 만지자마자 기분 나쁠 정도로 말랑말랑한 실리콘의 촉감이 느껴졌다. 리아뿐 아니라 세빈도 이룸도 닭1호만큼은 그보다 더욱 인체와 유사한 마감재를 사용하기를 원했다. 셋은 토의에 토의를 거듭했다. 그 결과, 화상 환자의 피부 이식 수술에 쓰이는 인조 피부가 닭1호에게 가장 적합하다는 결론을 내렸다. 하지만 이것은 의료용으로 취급되어 일반인이 구하기 어려웠고, 가격도 만만치 않았다.

결국 이룸이 평일임에도 광주에 다녀와야 했다. 물론 본가에만 다녀온 것은 아니었다. 이룸의 부모님은 광주 수완지구에서 규모가 어마어마한 피부과 병원을 운영 중이었으니.

"야밤에 몰래 들어갔다가 하마터면 보안팀에 걸릴 뻔했다."

아이디어가 나오기 무섭게 광주에서 1박을 하고 돌아온 이룸이 두 손에 커다랗고 시커먼 비닐봉지를 하나씩 움켜쥐고서 구시렁댔다.

"부모 자식 간에는 죄 같은 거 성립 안 된다고 들었는데?"

"모르지, 뭐. 아무튼 촉법소년 연령은 넘겼으니까."

"저 새끼 감방 가도 모른 척해야지. 비닐봉지나 놓고 가."

소파에 한가롭게 앉아 있던 세빈과 리아가 이룸의 얼굴은 쳐다보지도 않고 무심하게 중얼거렸다.

"야, 이 의리 없는 것들아!"

이룸이 둘을 향해 소리를 빽 질렀다.

"이거 신제품이라 얼마나 비싼지 알아? 엄청 비싼 거 집에서

쫓겨날 각오하고 째벼 왔더니……."

씩씩거리던 이룸은 느닷없이 늘 끼고 다니던 뿔테 안경을 벗더니 눈가를 손등으로 한참 비비적댔다.

"울어? 지금 우는 거야, 이룸?"

당황한 리아가 소파에서 벌떡 일어났다. 그리고 이룸 곁으로 다가가서 얼굴을 확인하려고 발끝을 들고 고개를 갸웃거렸다.

"아, 땀나서 그래."

이룸은 눈은 가린 채 뚱한 목소리로 대답했다. 결국 세빈이 이룸을 뒤에서 마구잡이로 끌어안았다.

"서운했구먼, 이 자식. 안 하던 짓을 하니 이제 장난도 못 치겠네. 짐 놔두고 떡볶이나 먹으러 가자. 내가 쏜다."


"나도 보여줄 거 있어."

투덕대는 세빈과 이룸을 조금 떨어져서 바라보던 리아가 두 손을 허리 뒤로 숨기고는 양 볼을 붉히며 말을 꺼냈다.

"뭔데?"

"여명이 눈동자, 예쁘지?"

리아는 오른손을 둘의 얼굴 앞에 가까이 가져다 대더니 활짝 펼쳐 보였다. 손 위에는 제법 큰 유리구슬 두 개가 놓여 있었다. 세빈은 그중 하나를 집어 들었다. 기포 하나 없이 매끄럽게 빚은 흰색의 구. 그 가운데에는 짙은 고동빛 홍채 안에 끝도 없는 심연의 동공이 콕 박혀 있었다.

"네가 만든 거야?"

세빈의 물음에 리아는 자랑스러운 미소를 띤 얼굴로 고개를 끄덕였다.

"행동에 있는 유리 공방에 가서 직접 만들었어. 세 번 실패하고 네 번 만에 성공한 결과물. 멋지지?"

유리를 세공하여 만든 눈동자를 들어 보이며 제 눈동자까지 빛내는 소녀. 맞은편에 걸린 동그란 벽시계가 가리키는 지금 시각은 오후 3시 25분. 등 뒤에서 불어오는 여름 바람에 흩날리는 그 애의 갈색 머리카락. 언제 부서질지 모르는 조그마한 어깨. 이번에는 그런 리아를 바라보던 세빈이 고개를 끄덕였다.

"네가 사람 눈동자를 만든다고 해서 공방 사장님이 제법 놀라셨겠는데…… 사이코패스는 아닐까, 의심하셨을지도?"

그사이 소파로 자리를 옮겨 앉아 둘의 모습을 물끄러미 바라보던 이름이 엉뚱한 소리를 툭 내던졌다. 그 말이 뭐가 그리 우스운지 셋은 폭소를 터뜨리고 말았다.

"그러네. 유리아, 사이코패스! 하하하!"

"진짜!"

"그게 웃겨? 참나, 하하하."

여명 없이 셋만 남은 지금, 얼마 만에 웃음소리가 들리는지 모르는 〈논하라〉의 동아리방.


세빈은 생각했다.

여명아, 우리랑 이렇게 노는 거 재미있지 않았어?
왜 갑자기 떠난 거야?
왜?
.

.

과제를 진척시키는 힘은 진정 시간뿐이었다. 여름방학의 반절 넘게 지루한 부품 조립에만 매달린 뒤에는 질척한 프로그래밍의 늪에 빠져들었다. 인공지능 챗봇이 장착되어야만 로봇과 의사소통이 가능할 터였다. 그나마 최근 획기적인 AI 프로그램이 보급된 현실은 그들에게 구원과도 같았다. 닮1호의 사고 체계 전 과정을 직접 기획하는 수고를 덜 수 있었으니 말이다.

"어때? 오늘의 닮1호, 애정해 마지않는 차여명."

세빈이 3분의 2 정도 완성된 닮1호를 소파에 앉혀놓고 진행 상황을 보고했다. 마치 생전 여명처럼 새하얀 피부가 몸체를 감싼, 훌쩍 큰 키의 로봇. 인모를 이식한 까맣고 긴 생머리, 투명한 안광이 빛나는 눈동자, 학생부실 창고에서 가져온 예비용 하복을 입은 몸체, 리아가 보관하던 여명의 하얀 컨버스를 신은 발까지…… 정말 그럴듯했다. 이것이야말로 정말 휴머노이드구나, 라는 느낌.

"이제 우리 닭1호 머리 잘라주자. 예쁘게, 짧은 머리로."

리아가 콜록 기침을 내뱉고서, 쇼트커트였던 여명처럼 로봇의 기다란 생머리를 다듬자고 제안했다. 나머지 둘은 눈이 휘둥그레졌다.

"누가? 우리가?"

"내가."

리아는 가방을 부스럭거리며 뒤지더니 안에서 미용 가위와 꼬리빗을 꺼냈다.

"앞머리 셀프로 자르려고 가지고 다니거든."

그런 다음 휴대전화 사진첩을 넘기며 여명의 얼굴이 잘 나온 사진 하나를 찾아내고는 빤히 들여다보았다.

"이게 좋겠네."

세빈과 이룸은 그런 리아를 멍하니 바라만 보았다. 리아는 양손을 허리에 착 가져다 댄 채로 둘에게 호령을 내질렀다. 마치 신기루마냥 사라진 여명처럼.

"뭐 해? 빠릿빠릿 움직이지 않고!"

"어? 어……"

이룸은 캐비닛으로 옮기려던 닭1호를 엉거주춤한 자세로 들어서 다시 리아 쪽으로 옮겼다. 세빈은 구석에 처박혀 있던 낡은 갈색 의자를 리아 앞에 대령했다. 이룸은 그 위에 닭1호를 앉혔다. 리아는 그제야 만족스러운 듯 닭1호의 얼굴 각도를 요리조리 고치더니 길고 까만 머리를 쓱쓱 꼬리빗으로 빗기기 시작했다. 그러다가 갑자기 뭔가 빠진 게 생각났는지 세빈을 바라보았다.

"음악…… BGM 말이야. 뭐, 좋은 거 없을까?"

세빈은 잠시 고민에 빠졌다. 그러다가 언젠가 리아와 함께 듣고 싶었던 노래를 용기 내어 틀었다.

"우효의 「민들레」네. 좋다. 나도 이 노래 좋아하는데."

리아는 세빈을 보며 보드레한 미소를 지은 다음 가사를 흥얼흥얼 따라 부르면서 가위질을 시작했다. 머리카락이 가윗날에 사각사각 잘리며 바닥에 툭 떨어지는 소리가 났다. 그때마다 리아의 곡조는 높아졌다가 낮아지기를 반복했다.

지금 리아는 행복할까? 여명은 자기를 닮은 로봇이 만들어지는 걸 알고나 있을까? 세빈은 눈을 감고 리아의 노랫소리를 들으며 질문에 답을 찾으려 상념의 덩어리 속으로 파고들었다.

이제 개학까지 열흘도 남지 않았다. 더위는 아직도 이렇게나 지독한데 문제를 해결할 방법은 보이지 않고……

그랬다. 이제 '닮1호 프로젝트'는 단 하나, 여명의 기억을 로봇의 소프트웨어인 인공지능 챗봇에 입력하는 과제만을 남겨두고 있었다. 열여섯까지 자기만의 삶을 살아온 여명의 기억 말이다. 세빈과 리아, 이룸은 여명이 그날 밤 왜 물에 뛰어들었는지 이유조차 모르는데, 한숨이 절로 나오는 일이 아닐 수 없었다. 역시 물리적인 문제보다 추상적인 문제의 해결책을 찾는 게 더 어려울 수밖에. 보이지도, 잡히지도 않으니 말이다.

"여명이 집에 가보는 건 어때?"

이룸이 말했다. 사실 가장 확실한 해결책이었다. 여명의 집에 가서 여명과 관련한 자료를 수집한다……

"너, 여명이 부모님 만난 적은 있어?"

세빈이 물었다. 이룸은 고개를 도리도리 저었다. 뒤이어 '장례식 때 뵈었지'라는 대답을 덧붙였다.

"여명이, 엄마랑 둘이 살았어. 부모님께서 이혼하셨거든."

리아가 말했다. 역시 리아는 여명에 대해 모르는 게 없구나.

"나도 정식으로 인사드린 적은 없어. 그냥 여명이에게 들은 게 다야. 아빠랑은 주말에만 가끔 만나고, 엄마는 꽤 유명한 소설가시랬어. 상사면에 있는 전원주택에 살아. 나도 약속 때문에 집 앞까지는 가봤거든."

그곳에 가면 분명 여명의 흔적이 남아 있을 것이다. 흩어진 조각들을 모아 기억의 모둠을 구성하고, 그것을 메모리 카드에 담아 닭1호에 입력하면 되지 않을까. 셋은 동시에 고개를 끄덕였다.

"그런데 여명이 어머님께 뭐라고 말씀드리지?"

세빈이 난감한 표정으로 리아와 이룸을 번갈아 바라보았다.

"역시 로봇은…… 좀 그렇지?"

리아가 둘에게 물었다. 세빈과 이룸이 '어!'라고 아주 힘차게 외쳤다. 특히 이룸은 안경 너머로 눈알이 튀어나올 만큼 눈을 크게 치켜뜨고 내질렀다.

어쨌거나 방법은 하나였다. 세빈, 리아, 이룸은 대문 앞에서 지대보다 높이 자리한 그곳을 올려다보았다. 실로 으리으리한 저택이었다. 진회색 모던한 벽돌로 쌓아 올린 담장 뒤로 널따란 잔디 정원, 그 가운데 블랙 테두리의 삼각형 모양 지붕을 올린 네모난

주택이 자리 잡고 있었다. 건축을 잘 모르는 사람이 보더라도 전문가가 고심하여 지은 건물이라는 사실을 알 수 있는 호화 주택이었다.

"흠, 아주 부자였구먼. 차여명."

"그러게. 새늘고에 부잣집 자식 많지. 주이룸 포함해서."

"이걸 그냥 확! 거기서 내가 왜 나와?"

"아니, 사실 아니야?"

"지금은 엄연히 차여명 집 앞이거든?"

세빈과 이룸은 여명네 대문 앞에서 만담하는 콤비처럼 투덕거렸다. 그 모습을 유치해서 못 봐주겠다는 눈빛으로 리아가 쏘아보았다.

"작작 좀 해라. 벨 누른다."

말이 끝나기가 무섭게 리아는 대문 옆 까만 초인종을 눌렀다.

딩—동.

어딘지 모르게 처연한 벨 소리. 그 뒤에 따르는 고요함. 셋은 일제히 약속이라도 한 것처럼 동작을 멈추고 응답이 오기만을 기다렸다.

"아무도 없는 거 아니야?"

제 키보다 훨씬 높은 담장 너머를 어떻게든 들여다보려고 발끝을 세우면서 세빈이 말했다.

"그냥…… 갈까?"

이번에는 이룸이었다. 녀석은 손목에 찬 워치를 들여다보며 벨을 누르고 얼마나 시간이 흘렀는지 어림하고 있었다.

그때였다.

"누구시죠?"

착 가라앉은 중년 여성의 목소리였다. 당연히 여명의 어머니일 거라는 느낌이 들었다. 세빈이 뭐라고 대답하려는 순간, 리아가 앞으로 나섰다.

"안녕하세요. 저는 여명이 친구 유리아라고 합니다. 여명이와 제일 친한 친구예요. 다른 친구들도 여명이와 함께 토론 동아리를 했고요."

세빈은 왠지 모르게 긴장이 되어 꿀꺽, 침을 삼켰다.

"……들어와요."

약간의 침묵 후 떨어진 허락과 함께 덜컹하고 육중한 철제 대문이 열렸다. 셋은 얼굴을 번갈아 보며 고개를 끄덕인 다음 안으로 들어갔다.

끝없이 파릇한 초록이 이어지는 정원 가운데에는 곁눈질로 봐도 수심이 깊어 뵈는 못이 자리 잡고 있었다. 소문처럼 저 웅덩이에 여명이 몸을 던졌다고 생각하니 세빈은 소름이 돋았다. 이 엄청난 집 안에 대체 무슨 비밀이 숨어 있는 것일까.

현관을 열고 들어온 주택 내부에는 엄숙한 분위기가 감돌았다. 비단 평범한 가정집이 아니었다, 이곳은. 짙은 갈색의 원목으로 꾸며진 묵직한 공간에 벽 전체를 채운 책장이 사방을 둘러싼 거실. 정원이 내다보이는 통창 바로 앞에는 손이 얼마나 오갔는지 반질반질한 책상이 놓여 있었다. 그래, 여기는 그저 집이 아니라 소설가의 작업실이었던 것이다.

"여명이 친구들이 찾아올 거라곤 생각도 못 했어요. 차라도 한 잔 마실래요?"

복도에서 천천히 모습을 드러낸 여명의 어머니는 위아래 검은 투피스를 입고 있었다. 아마도 죽은 딸 여명을 애도하는 뜻이겠지. 물결치는 중단발의 머리카락, 차가운 금테 안경, 깡마른 체격이 그녀의 예민한 성격을 온몸으로 보여주는 듯했다. 그녀는 늘 밝고 쾌활하던 여명과는 전혀 다른 분위기였다.

"괜찮습니다. 갑자기 이렇게 찾아와서 폐만 끼치는걸요."

이룸이 깍듯한 태도로 대답했다. 역시 돌변하는 태세가 새늘고 전교 1등다웠다.

"무슨 말을 그렇게…… 그런데 무슨 일로 여기까지 왔을까요?"

여명의 어머니는 그런 이룸이 자못 마음에 들었는지 엷은 미소를 입가에 띄우며 물었다.

"기억을 찾으려고요!"

세빈이 밑도 끝도 없는 말을 대답이랍시고 해댔다. 옆에 서 있던 리아가 고개를 푹 숙였다.

"기억……?"

여명의 어머니는 세빈의 말이 잘 이해되지 않는 듯했다.

"여명이가 생전에 남긴 자취를 더듬어보고 싶어서요. 여명이를 잊지 않고 기억하기 위해서⋯⋯ 실례가 되지 않는다면 여명이가 생활하던 공간이나 쓰던 물건, 남긴 유품을 좀 살필 수 있을까요? 저희 나름대로 여명이를 추모하고 싶거든요. 부탁드립니다."

이룸이 다시 한번 정중한 말씨로 여명의 어머니에게 설명했다. 그녀는 역시 이룸이 마음에 든다는 듯 더할 나위 없이 흡족한 미소를 지으며 고개를 끄덕였다.

"물론이죠. 우리 여명이를 그렇게 추모해준다면 나야 고마운 일이죠. 마음껏 둘러봐요."

셋은 그렇게 여명의 방으로 안내되었다. 차분한 베이지 벽지를 바른 방. 천장에는 움직임을 멈춘 실링 팬이 설치되어 있었다. 창 너머로 보이는 우거진 나뭇잎, 그 사이로 드문드문 들려오는 풀벌레 소리. 여명은 이런 곳에서 매일 꿈을 꾸고 글을 썼구나. 세빈이 잠깐 눈을 감았다가 다시 떴다.

"편하게들 살펴봐요."

딸깍, 문이 닫히며 여명의 어머니가 방을 나갔다.

"이중인격자 새끼."

세빈은 이룸을 흘겨보았다.

"그래도 내 덕에 여기까지 온 줄 알아."

이룸은 휘파람을 불면서 여명의 책상 위에 놓인 노트를 집어 들었다. 그리고 한 장씩 넘겨보기 시작했다.

"여명이 방 되게 좋다."

리아는 하얀 철제 프레임의 침대에 걸터앉더니 방 여기저기를 두리번댔다. 세빈도 그런 리아 옆에 앉았다. 침대 맞은편 벽에는 포스터와 사진이 어지럽게 다닥다닥 붙어 있었다.

'freedom.'

그중 가장 큰 포스터에 적힌 문구였다.

"씨발, 이거 뭐야?"

갑자기 이룸이 화들짝 놀란 목소리로 욕설을 내뱉었다.

"왜 그래?"

세빈도 덩달아 깜짝 놀라서 이룸 곁으로 다가갔다.

"차여명…… 이거, 유서 아냐?"

세빈이 이룸이 쥐고 있는 노트를 보려던 순간이었다.

"어, 이건 뭐야? 카메라? CCTV? 뭐지?"

이번에는 리아였다. 리아는 침대 프레임 끝에 설치된 작고 동그란 무언가를 손가락으로 가리키고 있었다. 세빈과 이룸은 곧바로 그 정체 모를 물건을 향해 달려갔다. 초소형 카메라였다. 불이 들어오지 않는 것으로 보아 지금은 작동하지 않는 듯했다.

"뭐야…… 이 집구석."

"아까 그거 여기 또 있는데."

리아는 책상 위 스탠드 끝에서도 초소형 카메라를 찾아냈다. 세빈이 의심스러운 눈빛으로 주변을 둘러보았다. 둔한 세빈의 눈에도 천장 몰딩 모서리에 하나씩 설치되어 있는 꼴이 보였다. 작동

여부까지는 확인할 수 없었지만.

"아까 그건 뭐였어?"

세빈은 이룸이 쥐고 있던 노트를 빼앗아 재빨리 눈으로 훑었다.

엄마는 내가 도망칠까 봐 사방에서 목을 조른다.
이 지옥에서 빠져나갈 길이라고는 없다, 어느 곳에도.
그냥 내가 죽어버리는 방법뿐이라고. 이 바보야.

그때였다. 닫혀 있던 문이 딸깍, 소리를 내며 열렸다. 여명의 어머니였다. 그들은 후다닥 자세를 고쳤다.

"거실에서 과일이라도 먹을래요?"

다시 보니 어쩐지 소름 끼치는 얼굴. 셋은 한시라도 빨리 이 집에서 떠나고 싶은 마음뿐이었다.

"아닙니다. 너무 오래 폐를 끼쳤어요. 저희는 이만 돌아가겠습니다."

이룸이 아무 일 없던 것처럼 정중한 어투로 말했다.

"그러지 말고 이리 와서 수박이라도 좀 먹어요. 아주 달고 맛있어."

여명의 어머니는 돌아간다는 셋을 한사코 붙잡았다. 그 기세에 눌려 세빈, 리아, 이룸은 결국 거실 소파에 앉았다. 그리고 세모 반듯하게 자른 수박을 하나씩 집어 들었다.

"알고 있어요? 내가 소설가라는 건 여명이에게 들었나 몰라."

그녀는 아득히 먼 어디쯤을 바라보며 물었다. 자기 소설에 관해 이야기하고 싶은 모양이었다.

"나는 지금까지 여명이에 대한 소설을 썼어요. 딸이 뮤즈인 사람이죠."

말을 마친 그녀는 자리에서 벌떡 일어나 책들의 무덤 같은 서가 앞에 서더니 무언가를 부산히 찾았다. 그러고는 피처럼 새빨간 빛깔을 입은 책을 한 권 꺼내서 그들에게 건넸다.

"한번 읽어봐요. 내 소설 중에서 가장 유명한 작품이에요. 여명이도 굉장히 자랑스러워했어."

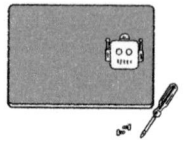

"널 사랑하는 건 내 젊음을 사랑하는 거야. 그 시절, 나는 너만큼이나 찬란했고 순결했지. 내가 자신을 사랑하는 행위가 결코 죄가 될 리 없잖아? 그러니까 기꺼이 내가 너를 안겠어. 너는 오직 나만의 것이야. 이리 와, 사랑하는 내 소녀야……"

"그만!"

세빈이 책장을 넘기려는 것을 리아가 양쪽 귀를 막으며 내지르는 비명으로 저지했다. 결국 세빈도 그늘이 내려앉은 응달 같은 표정으로 책을 덮었다. 리아는 그대로 소파에 기댄 채 두 손으로 얼굴을 완전히 가려버렸다.

"이거…… 여명이 이야기 맞아?"

창가를 바라보고 뒤돌아 있던 이룸이 들릴 듯 말 듯한 목소리로 중얼댔다.

"대체 누가 누굴 사랑한다는 거야? 하……"

이룸의 중얼거림은 멈추지 않았다. 계속 '미쳤어' 혹은 '친엄마가 쓴 게 맞냐고'라는 읊조림만 잘근잘근 씹어댔다.

"경찰에 신고할까?"

세빈이 리아와 이룸을 번갈아 쳐다보며 물었다. 리아는 여전히 맥없이 널브러진 채였다. 이룸은 뒤돌아 세빈을 바라보며 한숨을 휴 내쉬었다.

"소용없어. 소설일 뿐이잖아.「작가의 말」에서 딸이 뮤즈라고 밝히긴 했지만, 뭐. 다른 책들에서도 여명이가 이런 식으로 그려진다면……"

이룸의 목소리에서 분노 때문인지 가느다란 떨림이 느껴졌다. 평소 욕 같은 건 하지 않는 리아조차 아주 작게 '씨발'이라고 내뱉는 소리가 들렸다. 세빈은 가슴이 답답해졌다.

"방 안이 온통 카메라투성이였는데……"

"안전 문제라든지, 변명거리야 많겠지. 부인하고 없애버리는 것쯤이야 일도 아니고. 우리 아까 아무것도 촬영 못 하고 나왔잖아. 안 그래?"

이룸의 말이 맞았다. 아무런 증거도 없었다. 아니, 있다 하더라도 철없는 10대의 기우로 몰아가는 일 따위 그 여자에겐 아무것도 아니겠지. 세빈은 고개를 푹 숙였다. 여명이 평생 느낀 좌절감에 비하면 털끝에도 미치지 못하겠지만, 이 괴로운 마음을 어떻게 하면 좋을까.

"이제 로봇 만들기 따위 그만두자."

어쩌면 이쯤에서 멈추는 게 맞는지 모른다. 이룸은 침착하게 세빈과 리아를 설득했다.

"더 이상 여명이의 기억을 더듬어 올라가는 건, 그 애가 품고 살았던 상처를 헤집는 꼴밖에 안 돼. 우리에게 한 번도 털어놓지 않았어. 말하고 싶지 않았던 거라고. 우리가 이걸 굳이 로봇의 메모리에 입력까지 해가며 그 애를 괴롭힐 이유가 있을까?"

옳은 말이었다. 옳은 말이라고 생각했다. 세빈은 이룸의 말을 경청하며 고개를 끄덕였다. 그리고 리아를 바라보았다. 당연히 리아도 이 말에 동의하리라고 생각하면서……

"난 그렇게 생각하지 않아."

그러고 보면 리아의 말과 행동은 세빈의 예상에서 종종 빗나갈 때가 있었다. 바로 지금처럼 말이다. 그럴 때면 가냘프게만 보이는 그 애가 유독 단단한 나무처럼 옹골진 목소리로 제 의견을 이야기하곤 했다.

"인간에겐 누구나 상처가 있어. 나무줄기에 드러난 옹이처럼 상처를 안고 살아간다고. 말하지 않아도 그게 인간을 만들고, 결국 그 상처는 겉으로 드러나게 돼 있어. 우리는 이미 '차여명'이라는 인간을 만났어. 이로써 그 애의 상처까지도 바라보고 품게 된 거야. 그게 관계고 친구라고. 바로 우리처럼! 여명이도 그걸 알고 있었어. 글을 쓰던 여명이가 그 사실을 모를 리 없다고."

만남, 포용, 관계, 친구…… 세빈은 리아의 말을 들으며 생각했다. 자신은 여명에게 어떤 존재였는지, 리아에게는 과연 어떤 존재일는지……

"그리고 다들 여명이에게 하고 싶은 말 없어? 아무 말 없이 우리를 떠난 여명이에게. 나는 닮1호를 만든다면, 여명이와 꼭 닮은 그 로봇을 만난다면 — 하고 싶은 말이 참 많은데……"

리아는 차마 말을 잇지 못하고 흐느끼기 시작했다. 이제 SD카드를 입력하고 기억만 활성화하면 끝나는 로봇 제작 작업. 세빈은 이룸과 리아의 엇갈린 생각 사이에서 어떻게 해야 할지 종잡을 수 없었다. 하지만 이룸은 리아의 말을 듣고도 마음이 바뀌지 않은 모양인지, 잔뜩 찡그린 얼굴로 쏘아붙였다.

"유리아, 언제까지 애처럼 울기만 할 거야? 울어서 될 일이 아니라고. 아무튼 나는 이 프로젝트, 좀더 고민해봐야겠어. 간다."

〈논하라〉의 문이 열렸다가 닫혔다. 새빨간 노을빛으로 선명하게 물들어가는 하늘이 수채화처럼 내다보이는 창문 아래에 세빈과 리아만이 남았다. 속눈썹이 참 길구나. 눈가에 그렁진 눈물. 세빈은 손을 뻗어 리아의 눈에 맺힌 눈물을 닦아주었다. 리아는 그런 세빈을 올려다보았다.

"너는 내 마음 이해하지? 계속 만들 거지? 닮1호 말이야. 이제 거의 다 완성됐다고!"

리아는 세빈의 양팔을 붙잡고 애타게 흔들었다. 세빈은 아무런 대꾸도 하지 못하고 리아의 얼굴만 바라보았다.

"왜 대답 안 해? 빨리 대답해! 같이 만들 거지? 응?"

"……응."

대답하지 않을 수 없었다. 저렇게 무언가를 간절히 염원하는 눈빛 너머로, 얼마 전 창문 밖을 하염없이 응시하던 리아의 공허한 눈빛이 오버랩됐기에—리아마저 잃을 수는 없어. 세빈은 고개를 끄덕였다.

"고마워, 고마워. 세빈아."

리아는 세빈을 꼭 끌어안았다. 세빈은 가슴속 맥박이 제멋대로 뛰는 게 느껴졌다. 어떡하지. 나야말로 심장에 무리가 온 건 아닐까.

이 모든 이야기를 묵묵히 털어놓은 후 세빈은 녹음기의 전원을 껐다. 이것만 닮1호에 입력해도 여명의 삶에 대한 설명으로 충분할 것이다. 사람만큼 똑똑하다는 AI니까, 주어진 정보를 조합해서 '차여명'이란 인간을 해석해내겠지.

"아, 맞다."

불현듯 세빈의 머릿속에 한 가지 빠뜨린 말이 떠올랐다. 세빈은 다시 녹음기의 전원을 켰다. 마음과는 다르게 자꾸 목소리가 떨렸다.

"여명아. 나야, 세빈이."

오랜만에 떠난 친구의 이름을 부르자 벅차오르는 마음은 왜인지.

"여명아…… 미안해…… 내가 다 진짜 미안해……"

배꼽에서부터 뜨거운 무언가가 치밀어 올라 세빈은 녹음기의 전원을 부리나케 껐다. 그리고 책상 위에 엎드려 펑펑 울었다.

차여명.
새벽빛처럼 밝고 찬란했던 내 친구.
네 속에 꾹꾹 눌러 담았던 어둠을 알지 못한 나를 부디 용서해.

다음 날 저녁이었다. 〈논하라〉에 가장 먼저 도착한 세빈이 캐비닛에 보관해둔 닭1호를 끌어내 소파에 앉히고, 뒷덜미의 홈에 가져온 SD카드를 끼워 넣었다. 저장되어 있던 오디오 파일이 업로드되는 동안, 세빈은 이룸에게 메시지를 전송했다.

**세빈** 기숙사에서 빨랑 튀어나와. 준비 다 됐어.
          **이룸** 안 간다고.
**세빈** 아, 빨리 나오라고. 진짜 둘이서만 하라고?
          **이룸** 어.
**세빈** 고집부리지 말고 나와. 찍사 필요함.
         **이룸** 나가면 뭐 사 주는데?
**세빈** 주말에 마라탕.
          **이룸** 콜.

세빈  30분 뒤 운동장으로.

이룸  ㅇㅋ


그때 주황색 페인트로 칠한 나무 문짝이 쾅 소리와 함께 벌컥 열렸다가 닫혔다. 리아였다. 얼마나 서둘러 뛰어왔는지 리아의 숨은 턱밑까지 차올라 있었다.

"늦지는…… 허헉…… 않았지…… 헉……?"

세빈은 그런 리아의 모습을 보자 기대감보다는 까닭 모를 두려움이 앞섰다. 로봇의 가동만이 남은 지금, 왜일까.

"녹음은? 다 됐어?"

"응. 여기, SD카드."

세빈은 조금 전 욱여넣었던 그 틈으로 리아가 내민 작고 파란 직사각형 메모리를 밀어 넣었다. 리모컨으로 파일 전송을 누르고 활성화를 선택하자 로봇의 눈동자 색깔이 어지럽게 바뀌었다. 그리고 이내 다시 원래대로 까맣게 돌아왔다. 마침내 리아와 세빈이 입력한 기억을 바탕으로 '차여명'이란 정체성을 지닌 닮1호가 탄생한 것이다.

"가자. 운동장에서 이룸이가 기다리고 있을 거야."

반은 공기지만 반은 물인지도 몰랐다. 해가 이미 도망치고 없는 여름밤은 유난히도 습했다. 달은 구름에 가려 보이지도 않았다. 구령대 쪽 우두커니 솟은 깃발을 비추는 가로등이 아니었다면 운동장은 온통 암흑이었을지도.

닭1호와 세빈, 리아, 이룸은 나란히 마주 섰다.

"지금부터 시험 가동 시작할게."

세빈이 조금 떨리는 목소리로 말했다.

"시험 가동과 진짜 가동은 어떻게 다른 거야?"

리아가 고개를 갸우뚱하며 물었다.

"어…… 잘 모르겠어. 그냥 왠지 그래야 할 것 같아서……"

세빈은 머리를 긁적였다. 사실 자신도 이 로봇의 미래를 전혀 예측할 수 없으니까. 과연 오늘 말고 가동할 날이 또 오기는 할는지. 모든 게 불투명하기만 했다.

"아우, 진짜. 그냥 가동한다고 해. 뭘 따지고 있어. 나는 이제 촬영한다."

이룸이 세빈에게 면박을 주더니 캠코더의 전원을 켜고 자리에서 조금 멀어졌다. 〈논하라〉의 첫 로봇, 닭1호. 과연 움직일까?

"그럼 누른다."

세빈은 크게 심호흡을 한 후 리모컨의 빨갛고 둥근 버튼을 꾹 눌렀다. 왜 이렇게 떨리는지 알 수 없었다. 셋 중 긴장한 사람은 정녕 자신뿐인지.

"누른 거 맞아?"

리아가 세빈의 귀에 대고 물었다. 그럴 수밖에. 분명 전원을 켰는데도 닭1호는 미동조차 없었다.

"어? 어."

세빈은 괜히 애꿎은 리모컨만 손으로 툭툭 쳤다.
"말을 해 봐, 말을!"
뒤에서 이룸이 고함을 질렀다. 리아도 옆에서 아주 작게 '닮1호!'라고 부르는 소리가 들렸다. 순간, 그 애가 며칠 전 웃음을 멈추고 끼워 넣었던 눈동자 속 까만 동공에서 번쩍, 빨간빛이 점멸하는 게 보였다. 세빈은 양팔에 소름이 돋았다. 아마 리아도, 이룸도 그랬을지 모른다.
"여명아!"
이번에는 리아가 아주 큰 소리로 외쳤다. 그 누구도 아닌 여명의 이름을……

 어젯밤도 저녁 메뉴는 치킨이었다. 특별한 날에도, 특별하지 않은 날에도 밥상에 오르는 음식은 종류만 다를 뿐 치킨이라는 건 어쩔 수 없다. 그게 바로 치킨집 자식의 숙명이다.
 어제는 정말 오랜만에 마세윤이 집에 내려왔다. 마세윤을 말하자면 이름만 들어도 털이 삐죽 솟는 새늘고의 전설이자, '과잠'만으로도 시선을 집중시키는 서울대 경제학부에서 톱을 기록한 마씨 가문의 자랑이다. 그래서 세빈에게는 영원히 넘지 못할 산이요, 열등감의 근원이다.
 ……하지만 그럼에도 사랑하는 누나다.
 덕분에 '맛대로 치킨' 조례2호점은 하루 중 가장 중요한 저녁 장사를 쉬고 온 가족이 다 같이 모여 식사를 했다. 메뉴는 마세윤이 좋아하는 프라이드와 소이 치킨이었다. 하여간 올드한 입맛이다.
 "학숙에서는 지낼 만하냐?"

"네, 좋아요."

장학금까지 받으며 전라남도교육청에서 소수 정예로 운영하는 기숙사에 들어간 마세윤. 무뚝뚝한 아버지의 질문에는 얼핏 걱정 같지만, '당연히 잘 지내고도 남지'라는 확신과 자랑스러움이 깔려 있었다. 그 마음을 가족들이 절대 모를 리 없었다.

"막내, 너는 방학이라고 노는 건 아니지? 누나 봐라. 방학에도 공부한다고 이제야 겨우 집에 오는걸."

불똥은 급기야 세빈에게 튀고 말았다.

"……네. 하고 있어요."

저 먼 접시에 놓인 닭 다리로 향하던 손이 갑자기 바로 앞에서 부들대는 가슴살로 방향을 틀었다. 오늘 치킨 뼈가 목에 걸려 죽은 사람이 기사에 나거들랑 그게 마세빈이라고 생각하면 된다오. 누나는 순살 치킨을 싫어하거든.

"누나는 1학년 때부터 계속 전교 1등이었어. 세빈이 너는 이번 성적표가 참…… 하여간 누나처럼 서울대를 가든, 아니면 의대 갈 요량으로 무조건 공부에만 전념하라고. 알겠냐?"

"네."

"여보, 밥 먹다 체하겠어요. 그만해요."

보다 못한 어머니가 아버지를 말렸다. 세빈은 입맛이 뚝 떨어졌다.

"잘 먹었습니다."

결국 식탁에서 일어나 방으로 향하는 세빈이었다.

"아버지 저런 말투에 이젠 면역 생겼지? 나도 서울로 도망치기 전까지는 일상이었다."

누나였다. 팔뚝으로 눈만 가리고 침대에 누워 있는 세빈 곁에 걸터앉아 무심하게 위로를 툭 내뱉는 마세윤. 하지만 너는 천재잖아, 나와 다르게.

"용돈 안 필요해? 누나가 용돈 좀 줄까?"

세빈은 벌떡 일어나 상체를 세웠다.

"누나."

"용돈 준다고 하니 누나 소리 하네. 왜?"

"알았어, 마세윤. 너는 고딩 때 연애해봤어?"

일평생 비좁은 주방에서 찌든 기름 냄새 맡아가며 닭을 튀기는 제 부모가 어떤 마음으로 자식 둘을 자사고에 보냈는지 알고도 남는 세빈이었다. 그렇기에 익숙하다 못해 지겹기까지 한 아버지의 잔소리에 원망 따위 없었다. 다만 여름방학 내내 죽은 친구의 환영이나 좇고 있는 제 모습이 혼란스러워 미칠 지경이었다. 그리고 그 혼란의 중심에 리아가 있었다.

"없어. 지금도 없고."

누나는 언제나 명쾌했다. 답을 말하는 데 1초도 망설이지 않았다. 마세윤이야말로 로봇일 거다. 인간일 리가 없어.

"그럼, 좋아하는 사람은? 그런 사람도 없었어?"

없었겠지. 답은 뻔했다. 누나는 지금까지 단 한 번도 엉뚱한 방향으로 눈 돌린 적이라곤 없으니까. 목적한 바를 이루기 위해 전진, 또 전진만 하는 로봇처럼.

"있었지……."

"진짜?!"

세빈은 머리를 쾅, 한 대 얻어맞은 듯했다. 마세윤도 누군가를 좋아한 적이 있다니. 이렇게 정신 나간 나처럼 말이야.

문득 〈논하라〉의 푹신한 소파에 나란히 앉아 넷이 영화를 보던 그날이 떠올랐다. 꼬마 로봇은 폐쇄된 테마파크의 고장 난 로봇이 푸른 요정인 줄로만 알고 진지한 표정으로 물었더랬지.

문을 열고 들어간 그곳에는 묵은 먼지만 자욱하게 쌓여 있었습니다. 작동을 멈춘 기계들은 이미 출고됐을 당시 선명했던 컬러를 잃어버린 채였습니다.

그러나 오직 단 하나, 푸른 머리카락을 지닌 여자 로봇만은 당장이라도 예전처럼 춤출 듯 싱그러운 미소를 띠고 있었습니다. 톰은 그녀에게 다가갔습니다.

"당신이 소원을 이루어준다는 푸른 요정인가요?"

"그래서 어떻게 됐어?"

세빈이 물었다. 「TOM」에서 주인공 톰이 푸른 요정에게 그랬듯이. 이 끝없는 잡념의 연결 고리에서 벗어날 수 있는 답을 찾기 위하여.

"뭘 어떻게 돼. 연애한 적 없다니까. 차였어."

마세윤은 웃고 있었다. 이제는 모두 끝나버린 해프닝을 곱씹는 담백한 표정이었다. 세빈은 추억을 노래하는 시를 읽는 것 같아 괜히 슬퍼졌다. 그래서 누나와 주먹을 툭 주고받았다.
　"고백해서 정리할 수 있었어. 그 친구에겐 예상치 못한 소나기였을지 몰라도 나에겐 말할 기회가 주어져서 정말 다행이었지. 감정이란 결국 마음에서 비워내야 사라지는 건가 봐. 물론 그 친구와 마음이 통했더라면 더 좋았겠지만…… 왜, 좋아하는 사람 생겼어?"
　세빈은 고개를 끄덕였다. 리아가 누구를 사랑하는지는 알고 있다. 결국 비워내야 사라지는 감정이라면, 지금 해야 할 일은……
　"잘해봐라. 잘되면 누나한테도 알려주고."
　누나는 세빈의 어깨를 두드리고는 방에서 나갔다. 세빈은 다시 침대에 누웠다. 알고 있지만 또 한 번 뼈저리게 느꼈다. 이 복잡한 미로의 출구를 찾을 수 있는 사람은 결국 나밖에 없구나.

"여명아!"

리아가 부르는 이름은 여명이었다. 닮1호가 아닌…… 물론 이 프로젝트가 여명을 위해 만들어진 건 사실이지만 말이다.

'대답하지 마!'

세빈은 외쳤다. 물론 비겁하게도 마음속 외침이었다. 리아에게 미움받고 싶지 않았으니까.

"차여명."

닮1호가 마침내 입을 열었다. 캄캄한 어둠 속에서도 리아가 만든 눈동자만은 또렷하게 보였다. 닮1호의 새까만 동공은 처음 봤던 그때처럼 끝을 알 수 없는 심연이 아니었다. 그 속에선 분명히 입력한 데이터를 기반으로 새빨간 점이 세빈과 리아, 이룸을 좇으며 분석하고 있었다.

"맞아, 나야. 차여명."

업로드한 데이터가 성공적으로 활성화된 게 틀림없었다. 닮1호는 자신이 '차여명'이라고 또박또박 말하고 있었으니까. 아쉬운 점이라면 목소리까지 미처 신경 쓰지 못해 휴머노이드스러운 기계음이 난다는 것. 누가 봐도 여명과 똑같은 얼굴을 하고서 입 밖으로 내뱉는 이질적인 울림이 세빈은 기괴하고 또 기괴했다. 고개를 돌려 바라본 이룸도 세빈과 비슷한 마음인지 심각한 표정으로 턱을 까딱했다. 그러나 리아는 그런 사소한 결함쯤은 개의치 않는 듯 보였다.

"여명아! 나야 나. 나 누군지 알겠어?"

리아가 품었을 간절한 바람에 닮1호는 성공적으로 부응했다.

"유리아."

"여명아!"

리아는 너무나 감격에 찬 나머지 곧바로 달려가 닮1호를 끌어안으려 했다. 이미 리아에게 닮1호는 로봇이 아니었다. 살아 돌아온 차여명, 그 자체였다. 그런 리아에게 닮1호가 뒤이어 내지른 경고는 엄청난 충격이었으리라.

"오지 마."

로봇의 발음은 무서우리만치 정확했다. 절대 잘못 들을 수 없을 정도로. 그러나 셋 중에서 오직 리아만이 그 말을 이해하지 못했다.

"여명아······?"

"가까이 오지 마. 마세빈, 주이룸. 너희도 가까이 오지 마."

세빈과 이룸도 순간 흠칫했다. 닮1호. 인공지능 챗봇을 장착하여 인간과 대화가 가능한 로봇. 차여명의 기억을 내면화하여 온전히 그 녀석으로 사고할 수 있는 휴머노이드. 너는 대체……

"나는 이미 죽었어."

그것이 닮1호가 리아, 세빈, 이룸을 거부하는 이유였다. 삶과 죽음, 인간과 휴머노이드. 어떤 기억으로도 차마 극복할 수 없는 경계를 로봇은 알고 있었다. 인간조차 수용하지 못하고 있는 그 경계를.

"아니야, 넌 죽지 않았어! 지금 이렇게 내 앞에 있잖아! 여명아, 나 너에게 할 말이 정말 많아. 나 말이야, 너를……"

리아는 울부짖었다. 지금 무턱대고 닮1호에게 달려들려는 걸 세빈과 이룸이 최선을 다해 붙잡았다. 그래야만 했다. 상대는 전원을 켜고 이제 막 작동하기 시작한 로봇이다. 경고를 무시했다가는 어떤 상황이 벌어질지 예측할 수 없었다.

"리아야, 제발……"

"유리아!"

세빈과 이룸도 리아를 붙잡고 소리를 질렀다.

"듣고 싶지 않아."

한 줌의 감정도 실리지 않은 기계음이었다.

"나는 로봇이야. 차여명은 로봇이야."

그렇게 자신을 정의한 닮1호는 갑자기 저벅저벅 걸어 구령대 왼쪽으로 방향을 틀었다. 예상치 못한 상황에 세빈은 당황하여 그 모습을 지켜만 보았다. 리아와 이룸도 움직임을 멈추고 닮1호가 무엇을 하는지 눈으로만 좇았다.

어두컴컴한 하늘. 오직 가로등 불빛만이 운동장의 조각난 자리를 비추고 있었다. 이마 위로 흐르는 땀방울에 스치는 바람이 펄럭, 맥없이 시들어 있던 국기를 흔들었다.

그때였다. 조명이 반사되어 번쩍거리는 은백색 수돗가 앞에 닭1호가 멈춰 섰다. 뇌리를 스치는 불길한 예감, 그건 모두가 마찬가지였나 보다. 마치 약속이라도 한 것처럼 다 같이 외쳤으니 말이다.

"안 돼!"

닭1호는 뒤를 돌았다. 그리고 표정 없는 얼굴로 셋을 한 명씩 바라보았다. 그런 다음, 아직은 세상과 어울리지 않는 기계음으로 그들에게 이별을 고했다.

"안녕."

리아는 그 말을 듣자마자 털썩 바닥에 주저앉았다. 세빈은 바스러져가는 리아의 팔을 붙잡았다. 이룸은 용수철처럼 튀어 나가 닭1호를 향해 달렸다. 하지만 로봇의 반사 신경을 따라잡기에는 무리였다.

닭1호는 순식간에 수도꼭지를 돌려서 물을 틀었다. 그리고 흐르는 물에 자기 머리를 가져다 댔다. 바보라도 로봇이 수분에 취약하다는 주의 사항 정도는 알 수 있으리라. 그렇게 닭1호, 아니 ─돌아온 여명은 다시 떠나버렸다, 저 먼 곳으로. 이번에는 잔혹하게도 바로 그들의 눈앞에서 말이다.

"씨발……"
 이제는 세빈도 이룸도 운동장에 주저앉고 말았다. 여름방학은 이리도 덧없게 끝났다. 끝나버렸다.

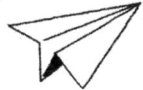

처음부터 동아리 같은 건 하지 말았어야 했다. 그날 새늘 2관에서 날아든 종이비행기에 응답하지 말았어야 했다. ……그랬어야 했다.

너희가 우리를 예쁘다고 훔쳐본 거 다 알고 있어.
변명하고 싶은 말이 있다면 지금 문밖으로 나와.
앞으로 함께할 동아리 문제를 이야기하고 싶어.

뭐, 엄청난 비밀이라도 품고 있을까 봐 풀던 문제도 내려놓고 펼친 조악한 기체에는 말도 안 되는 헛소리가 잔뜩이라 김만 빠졌다. 대체 어떤 여자애들이 이런 망상 속에서 헤엄치며 인생을 살아가는 걸까.
"뭐야?"

맞은편에 앉아 있던 세빈이 물었다.

"개소리."

이룸이 떫은 뭣이라도 씹은 양 대답했다.

"이리 줘봐."

세빈은 이룸의 손아귀에서 종이를 빼앗더니 가져가 읽으며 킥킥댔다.

"나가보자. 누군지 궁금하다."

"싫어. 완전히 또라이들이잖아."

"야, 재밌을 거 같은데? 동아리 같이하자는데 하자! 어차피 하나는 할 생각이었잖아."

하여튼 저 마세빈이란 놈은 머리에 생각이란 걸 담고 살지 않는다. 비행기를 날리는 쪽이나 받아 들고 웃는 쪽이나 똑같은 법이지. 이룸은 열 올려봤자 쓸데없는 에너지 소모라는 판단이 섰다. 그나저나 세빈의 말대로 동아리 이야기는 일단 들어보는 게 나을지도 모른다. 둘은 책상에서 일어나 자율학습실 문밖으로 나갔다.

다행스럽게도 개소리를 띄워 보낸 주인공들치고는 멀쩡한 비주얼이었다. 한 명은 길쭉하니 컸고 다른 한 명은 작았다. 길쭉한 애는 말을 잘했고 작은 애는 공부를 잘한다고 했다. 제안도 나쁘지 않았다.

"자율 동아리로 1학년 토론 동아리를 조직할까 해. 찬반 그룹을 나누기 좋게, 또 남녀 비율을 고려해서 인원은 네 명으로 구성하고 싶어. 1학년 국어A 선생님은 이미 동아리를 맡았다고 하셔서, 국어B 선생님께 지도교사를 부탁드리려고. 토론 동아리의 장점은 활동 구성을 자유롭게 할 수 있다는 거야. 어떤 주제로 토론해도 동아리 활동 목표에 어울리거든. 우리 진로에 도움이 되는 생기부를 구성할 수 있다는 이야기지. 나는 1학년 2반 반장 차여명이야. 문예창작과 지망이라 다양한 분야의 지문을 자료로 토론하고 글을 쓰는 활동이 필요해. 그래서 토론 주제는 특별히 가리지 않아도 괜찮아. 주제는 너희가 선정해. 이 정도면 괜찮지 않아? 참, 그리고 얘는 내 친구, 1학년 2반 유리아. 나보다 공부는 물론 잘하고."

그래서 수락했다. 이룸뿐 아니라 세빈도. 그때만 해도 이런 일이 벌어질 거라고는 상상도 못 했지, 아마.

차여명.

그 애는 이룸과 처음부터 맞지 않았다. 연간 활동 계획서를 쓰던 날은 물론이고, 〈논하라〉라는 동아리 명칭을 정하는 순간부터 둘은 배정받은 동아리방의 낡아 빠진 문짝처럼 삐걱거렸다. 아무리 기름칠하고 조여보아도 고쳐지지 않는 구조적인 문제, 바로 차여명과 주이룸.

"아니, 왜 어미가 굳이 명령형이어야 하는데? 논하다, 논하자, 논함, 논하시오…… 이 많은 활용형 중에서 왜 굳이 명령형 '논하라'여야 하냐고?"

이룸은 잔뜩 날 세운 목소리로 여명에게 항의했다. 사실 '논하라'여서 안 될 특별한 이유 따위는 없었다. 그냥 자연스레 동아리 회장으로 추대되어 젠체하는 여명이 꼴 보기 싫었을 뿐.

"야, 좀 유치하다. 그냥 아무거나 해. 어미야 뭐든 상관없잖아."

세빈이 옆에서 이룸을 말렸다. 하지만 이건 어디까지나 자존심 문제였다.

"가만히 있어봐. 이유가 타당한지 들어보자고."

팔짱을 끼고 안경 너머로 눈을 빛내며 이룸은 여명 앞에 섰다. 그 사이에서 리아가 비 맞은 강아지 꼴로 안절부절못하고 있었다.

"입시 경쟁에 치여서 토론할 의지조차 잃어버린 새늘고 학생들에게 동아리라는 공간에서나마 논쟁할 의지를 부여하고자 함이야. 그래서 명령형 어미를 사용하려고 해. 됐어? 이제 허락할 수 있겠냐고?"

여명의 설명을 들은 세빈과 리아가 고개를 끄덕였다. 이룸이 들어도 제법 그럴듯했다. 그래, 이번에는 그냥 넘어가는 게 좋겠어.

"좋아. 처음부터 그렇게 말했어야지."

이 정도가 이룸에게는 여명을 향한 최고의 찬사였다.

"정말 고마워, 주이룸. 이제 여기 서명해줄래?"

여명이 이룸에게 눈을 흘겼다. 그렇게 완성한 활동 계획서에 가장 마지막으로 사인한 멤버가 바로 이룸이었다.

참 이상했다. 이처럼 사사건건 부딪치는 둘이었음에도 여명은 때때로 이룸을 찾곤 했다. 지금도 잊히지 않는 그날은 5월 5일, 바로 어린이날이었다.

**여명** 뭐 해?

**이룸** 버스

**여명** 기숙사 들어가려고?

**이룸** ㅇㅇ

**여명** 버스 터미널에서 만나. 몇 시에 도착해?

**이룸** 4시 40분쯤. 왜?

**여명** 그냥

일요일 오후, 언제나처럼 새늘고 기숙사로 돌아가기 위해 순천

행 버스에서 내리는 이룸을 버스 정류장의 빨간 플라스틱 의자에 쪼그려 앉아 올려다보던 그 애는 묘하게 언밸런스한 모습이었다.

짧은 머리를 어린애처럼 기어이 양 갈래로 잡아 묶었고, 소매가 봉긋한 반팔 티셔츠에 흡사 발레리나가 입을 법한 무릎길이 스커트를 걸치고 있었다. 얼굴엔 대체 무슨 짓을 한 건지 볼을 분홍색으로 물들인 뒤 주근깨 같은 점을 마구 뿌려놓아서 몹시 낯설었다. 키가 크고 마른 체형인 그 녀석에겐 도통 어울리지 않는 화장과 머리였다. 위아래 의상도 전혀 조화롭지 않았고, 이런 말을 해서는 안 된다는 것쯤은 알지만 누구라도 알려줘야 했다.

"너, 지금 이러고 나온 거야?"

"나도 알아. 나 지금 이상한 거."

이룸의 말이 끝나기가 무섭게 여명은 울음을 터뜨렸다. 지나가던 사람들이 둘을 힐끔거렸다. 이룸은 난감했다. 물론 자기가 여명을 울린 건 사실이지만.

"아니, 그게 아니라……"

"아니긴 뭐가 아니야? 너도 내 꼴이 이상해서 그런 거잖아!"

여명은 눈물에 뭉친 마스카라의 작고 검은 덩어리 때문에 엉망이 된 얼굴로 이룸을 쏘아보았다. 실수다. 그냥 가만히 있었어야 했어. 왜 굳이 말을 꺼냈을까.

"내가 미안해."

뭐라고 할 말이 생각나지 않아 이룸은 일단 사과했다. 여명은 대꾸하지 않고 코만 한 번 킁 풀더니 계속 훌쩍거렸다. 15분쯤 지난 후에야 비로소 안정을 찾았다.

"오늘 어린이날이어서 이 콘셉트인 거야. 나 가끔 모델 알바하거든. 우리 엄마가 소설 쓰셔서."

묻지도 않았건만 여명은 이유를 주절주절 떠들었다.

"그냥 너하고 이런 이야기 하고 싶었어."

"그래. 모델…… 왠지 너랑 잘 어울린다."

"어울려……?"

이룸은 정말 여명이 모델에 잘 어울린다고 생각했다. 여명에겐 사람을 끌어당기는 매력이 있거든. 그건 허리를 곧추세우고 걷는 걸음걸이에서 나오는 게 아니었다. 아마도 그래, 미소. 웃으면 눈꼬리가 초승달처럼 변하는, 바로 그 미소 때문일 거다. 아주 가끔 서늘할 만큼 무표정한 얼굴로 타인을 바라볼 때 드러나곤 하는 예민함도.

"나는 싫어. 모델 같은 거."

여명은 갑자기 풀이 죽어서 대답했다. 이룸은 속으로 '어쩌라고' 하고 투덜거렸다. 여자들이란 정말 종잡을 수 없는 생명체다.

"지금 기숙사에 들어갈 거야?"

당장 도망가야겠다고 생각했다. 역시 이 애와 나는 맞지 않아.

"응."

"그러지 말고, 오늘 나랑 술이나 마시자."

언제부터 이렇게 막역한 사이였다고 이러는 걸까. 이룸은 머리가 어질어질했다. 최근 들어서 부쩍 연락을 해대는 여명을 도무지 이해할 수 없었다. 아무래도 명확히 선을 그을 필요가 있었다.

"내가 왜?"

"내가 너 좋아하니까."

언젠가는 이런 말을 할 거라 예상은 했지만 너무 갑작스러웠다. 이룸은 숨이 턱 막혔다. 항상 머릿속을 백지로 만들지. 차여명이란 애는, 정말. 하지만……

"그래. 고마운 말이네."

이룸은 당황스러움을 애써 숨겼다. 그때 느낀 감정과 어울리는 단어라면, '고맙다'보다는 '미안하다'가 더욱 적절하리라.

"또 할 말은 없는 거야?"

여명이 물었다. 자기도 대답을 알고 있으면서.

"응."

이룸은 고개를 끄덕이고 여명을 지나쳤다.

"간다. 학교에서 보자."

인사는 해야겠지. 우리는 친구니까. 아무리 아웅다웅하는 사이더라도 같은 학교, 같은 학년, 같은 동아리에서 활동하는 친구니까. 이룸은 괜한 사건 때문에 여명과 불편해지기를 원치 않았다. 하지만 여명은 인사하지 않았다. 우는 것도 아니었다. 그저 물끄러미 이룸을 바라만 볼 뿐.

그날 이후로 여명이 이룸에게 연락하는 일은 없었다. 동아리와 관련한 용무조차도 리아나 세빈을 통해 전달했다. 다른 멤버들은 허구한 날 논쟁하는 둘이었기에 그런 식의 소통에 대해서도 그러려니, 하는 듯했다. 처음에는 변한 여명의 모습에 어색함을 느끼던 이룸도 차차 익숙해졌다.

그리고 두 달 뒤, 여명은 모두에게서 떠났다. 어이없게도 제 집 마당 아래로 파고든 연못에 뛰어들어서 말이다. 이제 왜 그런 선택을 했는지 물어볼 길은 영영 사라지고 말았다. 이룸은 본래 눈물에 인색한 편이다. 그런데 여명이 자취를 감춘 뒤로는 작은 일에도 눈물이 맺혔다. 허우대도 멀쩡한 놈이 쪽팔리게. 이룸은 분명 변하고 만 것이다. 다름 아닌 여명 때문에……

그러니 세빈에게도 털어놓지 못한 비밀이지만, 이룸이 '닮1호 프로젝트'를 제안한 이유도 단지 리아 때문은 아니었다. 게다가 예전부터 로봇과 관련한 뉴스는 지나치지 않고 읽을 정도로 관심 있는 편이었고.

바로 아버지 덕분이었다. 몇 달 전부터 이룸의 아버지는 『22 트렌드』라는 월간 잡지를 구독하기 시작했는데, 흥미로운 기사에는 포스트잇을 붙여두었다가 이룸이 기숙사에서 돌아오는 금요일 밤이면 꼭 보여주셨다. 주로 로봇에 대한 내용이었다.

"인공지능 개발의 종착지는 결국 휴머노이드로구나. 인간은 지금 신의 영역에 도전하고 있어. 사실 바벨탑을 쌓던 시절부터 그랬지."

지금은 현실적 한계에 부딪혀 피부과 의사로 일하지만, 아버지는 자신이 의대에 진학한 이유도 그 때문이라고 했다. 생명의 한

계에 대한 도전, 바로 그 열망이 자신을 살아가게 하는 원동력이라고.

"미래 의학에서도 휴머노이드는 대체 불가능한 존재가 될 거야. 이미 의료계에 로봇이 도입된 지도 오래고 말이야. 이룸아, 명심해야 해. 로봇은 어디까지나 수단일 뿐 목적이 아니란다. 네가 의사가 되어서 살아갈 또 다른 시대에서도 이 사실을 잊지 말아야 해."

이룸은 진심으로 존경했다. 불멸이란 이상에 다가가고자 단 한순간도 타성에 젖지 않으려 하는 아버지의 삶을. 그래서 아버지의 뜻에 따라 의업을 계승하겠다는 꿈을 꾸며 새늘고에 입학했고, 그 믿음에 한 치의 의심도 품지 않은 채 현재만 달리며 살아왔다. 그리고 아버지가 말한 로봇공학의 미래 역시 새카만 의식 한편에 자리 잡은 칠판에다가 흰색 분필로 똑똑히 적어두었다.

그러던 어느 날, 짜증 날 정도로 여름이 빨리 찾아온 금요일 오후에 영화를 한 편 보게 되었다. 늘 이룸과 맞지 않는 여명이 제멋대로 고른 영화 「TOM」. 인간을 소유주가 아닌 친구로 여기고 사랑을 갈구하는 꼬마 로봇이 등장하는…… 아버지의 아들인 이룸은 언제나 로봇이 목적을 이루기 위한 수단일 뿐이라 여기며 살았다. 그렇기에 인공지능을 탑재한 휴머노이드라 할지라도 감히 인간과 대등한 지위를 지닌다는 건 상상도 할 수 없는 일이었다.

그런데 감독이 창조한 세상은 아버지가 지금까지 당연하게 이야기하던 미래를 어쩐지 서글프게만 그리고 있었다. 휴머노이드가 인간과 어울려 사는 모습이야 익히 예측한 바였으나 스스로 사고하는 AI에 감정을 결합한다면…… 로봇의 존재를 목적으로 두어야 하는가, 아니면 수단으로 두어야 하는가는 분명 사람마다 이견이 있으리라. 그러나 이룸 역시 동의할 수밖에 없는 사실은, 영화 속에서 톰을 창조한 닥터 크리스 같은 이가 현실에 나타나지 않으리라는 법은 없다는 것이다. 불멸이 오히려 고통인 삶, 그리고 결코 외면할 수 없는 최후. 이룸은 혼란스러웠다.

    톰은 눈을 감으려 애썼습니다. 하지만 끝내 눈이 감기지 않았습니다. 톰은 어쩔 수 없이 두 손만 모았습니다. 그리고 나지막한 목소리로 소원을 말했습니다.
    "푸른 요정님, 제발 인간이 될 수 있게 해주세요."

    진짜란 뭘까. 또 가짜는 뭘까. 톰이 만약 린지를 잊는다면, 그녀를 사랑해야 한다는 임무를 저버릴 수 있을까. 기억과 감정 사이에 얽힌 함수만 해결한다면, 톰은 평범한 고철 덩어리로 돌아갈 수 있는 것일까. 이룸은 여명과 논쟁하고 싶었다, 이런 주제들을.
    그래서 제 반쪽을 잃고 울부짖는 리아에게, 사랑과 우정의 괴리 사이에서 침묵만 지키던 세빈에게 제안했던 거다. '닭1호 프로젝트'를 시작하자고. 전면에 나서서 외치지 않더라도 달의 뒷면에서나마 해답을 찾고 싶었던 이룸이었다. 여명을 다시 만나고 싶은 사람은 결코 리아만이 아니었다고.

꼭 묻고 싶었다. 만약 내가 너에게 조금만 더 다정한 친구였더라면…… 어쩌면 넌 마음속에 묻어둔 슬픔을 모두 털어놓고, 차가운 물 밑으로 걸어 들어가는 선택은 하지 않았을까? 혹시 이 모든 비극은 다 내 탓인 거니? 여명아, 제발 아니라고 대답해줘.

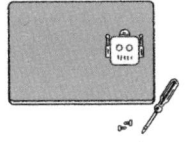

"리아야!"

운동장에서 갈 곳 잃은 종이 인형처럼 허우적대는 리아를 붙들기 전, 제 정신 줄부터 단단히 붙잡아야 할 듯한 세빈을 뒤로한 채 이룸은 수돗가로 냅다 뛰었다.

닭1호의 얼굴은 상당 부분 녹아버린 상태였다. 제아무리 화상 치료에 쓰이는 인조 피부로 내부를 감쌌다고 하나, 눈·코·입 등 외부에 노출된 부위로 쏟아져 들어오는 수분의 공격을 막아낼 재간 따위가 로봇에게 있을 턱이 없었다. 이미 습기와 기계 조직이 반응하여 발생한 열기 때문에 녹아내린 인조 피부의 잔해가 두뇌 역할을 하는 메인 CPU 내부까지 침투한 모양인지, 로봇은 소생이 불가능해 보였다.

그래도 닭1호를 통해 알게 된 현대 과학의 수준은 예상했던 차원 그 이상이었다. 인간조차 받아들이지 못하는 현세와 내세의 경계까지 인식하는 지경에 이르렀다니…… 그뿐인가. 모델의 기억을 학습해서 스스로 죽음을 택하는 AI를 과연 상상이나 했을까. 이룸은 헛웃음이 나왔다.

비록 여명과 대화를 나누진 못했지만, 절대 이번 여름방학이 헛되진 않았어. 아직도 뜨끈한 기운이 남아 있는 닭1호의 손을 만지작대며 이룸은 생각했다.

그때였다. 뒤에서 짝 하고 손바닥으로 따귀를 올려붙이는 소리가 들렸다. 몸을 돌리자 교문 쪽으로 달아나는 리아가 보였고, 세빈은 오른쪽 뺨을 손으로 감싸 쥔 꼬락서니로 고개를 멍청히 땅에 떨구고 있었다. 이룸은 무슨 일인가 싶어 냅다 뛰어갔다.

"야, 마세빈! 뭐야? 무슨 일이야?"

바로 옆에서 고성을 질러도 세빈은 여전히 얼빠진 표정이었다. 이룸은 결국 세빈의 어깨를 붙잡고 마구 흔들었다.

"야! 마세빈! 정신 차리라고!"

그제야 세빈의 시선이 이룸에게 닿았다. 또 다른 나로부터 거부당해 수렁에 빠졌을 때의 깊은 실의가 맺힌 눈가. 분명 언젠가 본 적이 있었다. 세빈이 리아를 좋아하는 사실쯤은 말하지 않아도 알고 있었다. 꼭 지금이어야 했냐, 이 멍청이.

"내가 잠깐 어떻게 됐었나 봐. 리아에게 키스하려고 했어……"

"야, 이 미친 새끼야!"

이룸은 순간 열이 올라 세빈의 뒤통수를 후려갈겼다. 그리고 세빈을 꼭 끌어안았다. 가장 친한 친구가 고개를 묻고 있는 어깨 한쪽이 축축하게 젖어들었다. 아마도 이룸의 그 친구는 울고 있는 모양이었다.

"〈논하라〉고 나발이고 모조리 집어치우자. 진짜 여자애들 짜증 나서 못 해 먹겠다. 그만하자. 진짜 다 그만하자고……"

이룸은 세빈의 등을 토닥였다. 자기도 눈물이 나오려는 걸 간신히 참으면서. 대답은 없었지만 고개를 끄덕이는 듯한 움직임이 느껴졌다.

정말, 정말 칠흑 같은 여름밤이었다.

　뜬눈으로 밤을 지새우자 정말 여명이 찾아왔다. 땅 아래 잠겨 있던 태양이 조금씩 존재감을 드러내는 기척은 금세 하늘을 밝혔고, 새늘고 학생들은 개학을 맞이했다. 물론 이룸도.
　스스로 소멸을 선택한 닮1호를 보며, 그 무엇도 여명을 대신할 수 없다는 진실만 확인한 어제. 아무리 그럴듯한 프롬프트로 여명의 대역을 소화해낼 로봇을 작동시킬지언정 이 진실은 절대 바뀌지 않을 것이다. 이런 결론에 이르자 이룸은 어쩐지 서글퍼졌다. 이제 떠난 내 친구와는 영원히 안녕이로구나, 하는 생각에.
　잠을 설쳐서 두통이 이는 이마를 주먹으로 툭툭 두드리며 교실 맨 뒤에 앉은 이룸의 시야에, 저기 교실 중간쯤 엎드려 있는 세빈의 등짝이 들어왔다. 녀석도 밤새 이불만 뒤집어쓰고 누워 있다가 학교에 나온 게 분명했다. 그렇지만 오늘은 정말 기력이 없어서 위로할 마음조차 일지 않았다.

'리아는……?'

동아리방에 들를까, 아니면 리아네 교실에 가볼까 하는 생각도 들었지만 쓸데없는 오지랖일지도. 이룸은 그동안 모든 게 지나쳤다는 후회가 막심했다. 그래, 지나쳤다. 그래서였다. 더 이상은 안 돼. 그만두자.

거짓말처럼 오전은 아무 일 없이 지나갔다. 이룸과 세빈은 기다란 식탁에 아이들과 어울려 앉아 한마디도 나누지 않고 급식을 먹었다. 젓가락이 부딪힐 때마다 나는 쇳소리가 묘하게 거슬렸다. 식판에 수저가 닿을 때 나는 마찰음도. 이 모든 것이 이룸이 애써 누르고 있는 어제의 기억을 자극했다. 제 눈앞에서 녹아내린, 미치도록 영리한 금속 조직에 대한……

"진짜 이런 걸 주문하자고?"

화면을 본 세빈의 눈이 휘둥그레졌다. 흡사 복도에서 뿔 달린 도깨비라도 마주친 양.

"이런 거라니? 엄연히 로봇이야."

이룸의 목소리는 사뭇 진지했다. '닮1호 프로젝트'에 꼭 필요한 재료라는 확신이 있었으니까.

"리아가 보면 놀라 자빠질 텐데."

"지금 그게 대수냐. 이거 주문 안 하면 우리끼리 닮1호 만드는 데 적어도 100년은 걸릴걸. 리아에게 뭐라고 설명할지 생각이나 해."

주저하는 세빈에게 오히려 큰소리를 치며 이룸은 최신형 리얼돌 주문 스토어를 웹사이트 즐겨찾기에 추가했다. 하지만 그 결정이 실수였음을 깨닫기까지 그리 오랜 시간이 걸리지 않았다.

왜 그렇게 모든 흔적을 철저하게 지웠을까. 교과서 구석에 끄적인 낙서, SNS에 남긴 댓글 하나까지도 모조리. 물론 복원할 수 있으리라는 사실을 모르지 않았을 것이다. 그럼에도 불구하고 여명은 약 한 달에 걸쳐서 자신이 남긴 사적 기록을 없애는 일에 매진했다. 모두 떠난 친구의 빈자리를 바라보며 애통해할 때 이룸은 그 이유가 무엇인지 골똘히 생각했다.

그러던 중 방문한 여명의 집. 온통 책이 점령한 소설가의 작업 공간에 섬처럼 동떨어진 여명의 방. 그곳에서 온종일 감시당하며 자유를 꿈꾸던 소녀, 어린이날에 마주쳤던 기묘한 화장과 옷차림, 떠올리고 싶지 않은 상상을 불러일으키는 소설……

"나는 싫어. 모델 같은 거."

그때 네가 왜 그렇게 말했는지 비로소 알 것 같아. 우리에게조차 철저하게 위태로운 내면을 감췄던 이유까지. 인간은 모두 자기만의 단단한 껍데기 속에 들어가 웅크릴 권리가 있는 법이거든. 그래서 더 미안해. 만약 내가 네 아픔을 조금만 더 빨리 알았더라면…… 100년이 걸리든 만 년이 걸리든 절대 리얼돌 따위로 닮1호의 뼈대를 만드는 바보 같은 짓은 안 했을 텐데……

이룸은 왼손을 바지 주머니에 넣었다. 사각거리는 종이의 감촉이 느껴졌다. 그날, 남몰래 찢어 온 여명의 노트 한 페이지였다. '이것만이 유일하게 여명이 남긴 기록이다.' 그렇게 생각하며 이룸은 조용히 밥을 먹었다.

식판에 배식받은 세 가지 찬과 밥, 국까지 말끔히 비우고 식당을 나설 무렵, 한 무리의 여학생이 지나가며 떠들어대는 왁자지껄한 이야기 위로 리아의 이름이 파문처럼 떠올랐다.
"그런데 유리아, 오늘 왜 학교 안 나온 거야?"
"몰라. 차여명 죽고 나서 계속 이상했잖아, 걔."
"따라서 죽는 거 아냐? 개학 날부터 안 나오고."
"아, 진짜…… 걔 좀 무서워."
순간, 세빈의 얼굴이 험악하게 일그러졌다.
"저것들 뭐야? 짜증 나게……"
세빈이 깔깔대며 사라지는 여학생들의 뒤를 쫓으려는 걸 이룸이 붙잡았다.
"관둬. 네가 열불 낼 가치도 없다."
이미 저 멀리 사라져버린, 그저 동급생일 뿐인 아이들의 뒷모습을 눈으로 끝까지 좇으며 세빈은 한숨을 푹 내쉬었다. 이룸은 그런 세빈의 어깨를 툭툭, 두 번 두드렸다.
"리아, 왜 학교 안 나왔을까?"
"나야 모르지."
세빈에게 무심히 대꾸하면서도 걱정되는 마음은 이룸도 마찬가지였다. 아까 그 한심한 여자애들이 떠들어댄 말이 급식 배부르게 먹고 하는 헛소리라고만 볼 수는 없었으니까. 둘은 어젯밤 리아가 얼마나 상심했는지 두 눈으로 똑똑히 목격했다. 그러니 마음이 무거운 거야 피차일반인 셈.

그런 구설들에 실려 리아는 사라졌다. 녹아내린 닮1호, 아니—여명처럼. 시간이 필요하다고 생각했다. 리아에게도, 세빈과 자신에게도. 이룸은 정말 그렇게 생각했다. 여명이 떠난 후 모두 한순간이나마 여명과 대면하려고 하지 않았으니까. 늘 셋이 모여 빌어먹을 로봇 만들기에만 열중했을 뿐. 분명 여명에게 하고 싶은 말이 많다고 떠들어댔으면서도.

그래서 이룸은 새늘고 담장에서 벗어난 리아가 세상의 경계까지 달려가기를 응원하기로 했다. 거추장스러운 연락 따위 하지 않아도 좋으니까. 세빈은 그런 리아가 걱정되는지 종종 회신 없는 메시지를 보내는 듯했지만. 바보 마세빈, 리아는 잘 있어. 우리 아니면 누가 그 애를 믿어주냔 말이야.

하루는 리아의 담임이 이룸과 세빈을 교무실로 호출했다. 이유야 뻔했다. 개학하고 열흘이 넘도록 학교에 나타나지 않는 리아의 행방을 캐물으려는 거겠지. 리아뿐만 아니라 여명의 담임이기도 한 그녀는 그 둘에게 문제가 생긴 게 같은 동아리 멤버인 이룸과 세빈 탓이기라도 한 양 매섭게 추궁하고 또 추궁했다.

"그러니까 왜 〈논하라〉에서만 자꾸 이런 일이 벌어지냔 말이야? 진짜 유리아, 걔 어디로 갔는지 몰라? 너희도 연락 안 되는 거 맞아?"

"……네."

 따분한 질문이 몇 차례나 이어졌다. 결국 세빈은 고개를 숙인 채 조금 울었고, 이룸은 짜증이 치밀어 올라 모르쇠로 일관할 수밖에. 뭐, 리아의 소식을 모르는 것도 사실이었으니. 결국 버릇없는 녀석이라고 욕만 잔뜩 먹고 말았지만.

 그나저나 차마 눈 뜨고 볼 수 없는 지경으로 변해버린 로봇이라 할지언정 친구의 기억을 눈물처럼 머금은 존재여서인지, 셋의 여름방학을 끌어안은 존재여서인지, 아니면 둘 다여서인지…… 둘은 망가진 닭1호를 미련 없이 종량제 봉투에 담아 버리지 못했다. 리아가 사라진 뒤 한참을 서로 위로하던 이룸과 세빈은 수돗가로 돌아가 멈춰버린 닭1호를 양쪽에서 부축했고, 늘 그랬듯 동아리방의 회색 캐비닛에 고이 밀어 넣어 두었다.
 이 결말이 여명은 마음에 들지 않아서일까. 이룸은 개학한 이후로 매일 밤 같은 꿈을 꾸었다. 오래된 습관처럼 짭짤하고 축축한 어둠 속에서 눈을 뜨면 늘 〈논하라〉의 짙은 갈색 소파 위. 그곳에 누워 있는 제 얼굴을 내려다보는 닭1호, 아니 — 망가진 얼굴을 한 여명. 혀끝에서 맴도는 '미안해'란 말을 삼키며, 이룸은 날마다 눈물로 녹아내리는 비몽을 헤매고 있었다.
 이 꿈이 너와 함께 사라질 즈음이면 일상도 제자리를 찾겠지. 리아도, 세빈도 그리고 나도. 이룸은 그날을 기다리기로 했다. 밤마다 여명을 만나며……

"이룸이 너, 밤에 혼자 병원 갔던데……"

드디어 들켰구나. 처음부터 아버지의 눈을 끝까지 속일 수 있으리라고 생각하지 않았다. 그래도 이만하면 예상보다 오래 버텼어. 어쨌건 닮1호를 완성했으니까 목표는 달성했잖아?!

"죄송해요. 꼭 써야 할 데가 있었어요."

금요일 저녁이었다. 평소처럼 일주일에 하루, 야간 자율학습을 빠지고 광주 본가에 올라와 온 가족이 함께하는 식사 자리. 이 시간만큼은 부모님도 야간 진료를 빼고 이룸과의 대화에 집중하는…… 문득 이룸은 오늘 저녁 식사가 마치 잘 짜인 구도의 정물화 같다는 생각이 들었다. 그리고 자신은 하얀 테이블보 위에 놓인 반질반질한 사과 한 알이 아닐까 하는.

"어디에 사용했는데?"

아버지가 재차 물었다. 어머니는 옆에서 아무렇지 않은 듯 내

머리를 쓰다듬었다.

"뭐 허튼 데 썼으려고, 우리 아들이."

"그건 그렇지."

저녁 메뉴는 아버지가 직접 요리한 스테이크와 파스타였다. 평소 바쁘기로는 둘째가라면 서러운 아버지지만 이룸이 집에 오는 주말이면 한 끼는 꼭 직접 요리하는, 정말이지 존경하지 않을 수 없는 우리 주 원장.

"동아리 친구들과 로봇 만들었어요."

"로봇?"

아버지와 어머니가 동시에 되물었다. 그럼 그렇지, 하는 경탄과 자랑스러움도 얼굴에 비쳤다. 고등학교 1학년 학생이 로봇을 제작하다니, 대단한 일 아닌가. 그렇게 평화로운 만찬이 마무리되고 있을 무렵이었다.

"참, 새늘고 학부모님이 잡지에 실렸더라. 혹시 그사이 학교에 무슨 일 있었니?"

"네?"

무슨 일이라 함은 대체 무슨 일일까. 순간 머릿속에 여명의 얼굴이 스쳐 지나갔다. 식사를 마친 아버지는 티슈로 입을 닦더니 이룸에게 보여주려고 준비해둔 『22 트렌드』를 꺼냈다. 포스트잇을 붙인 페이지를 펼치자 익숙한 얼굴이 한눈에 들어왔다. 그 사람이었다.

죽음조차 문학으로 승화하다
한국문학의 대가, 문설

"나는 그동안 문학에 영 관심이 없어서 이렇게 대단한 분이 네 친구 어머님이신 줄 몰랐구나. 최근에 딸을 잃으셨다던데…… 혹시 너도 아는 친구니? 어휴 참, 그 마음이 어떨지……"

아무런 속사정도 모르는 아버지는 기사만 보고 여명의 어머니를 안쓰러워하다가 곧 찬양하는 데 여념이 없었다. 여전하구나, 이 사람은. 아직도 여명의 이야기를 만천하에 까발리며 고상한 예술가인 척하는 꼴이라니. 이런 게 정말 소설이고 문학일까? 아니야, 아닐 거야. 적어도 여명이 쓰려고 했던 글이라면 이렇게 위선으로 점철된 엉터리일 리가 없어.

"아버지."

"응? 왜, 아는 친구야?"

일시적인 혼란일지도 모른다. 쓸데없이 시간만 낭비했다고 먼 훗날 후회할지도 모른다. 하지만 저지르지 않아도 후회할 거야. 이룸은 바지 주머니에 왼손을 넣고 사각거리는 노트 조각을 쓸어 내렸다.

"저 의대 안 갈래요. 아니, 잘 모르겠어요."

느닷없는 이룸의 선언에 아버지는 어안이 벙벙한 표정이었다.

"여태껏 고민하며 살지 않았다는 사실을 깨달았어요. 고민해봐야겠어요. 바로 지금부터요."

일순간 정적에 휩싸인 식탁. 이렇게 자신에게 하는 다짐인지, 부모에게 던지는 선언인지 모를 말을 내뱉고 이룸은 집 밖으로 뛰쳐나왔다. 어깨를 짓누르던 짐을 내려놓은 것처럼 마음이 한결 가벼워졌다.

하루에 세 번은 넘기지 말자고 다짐했다, 리아에게 메시지 보내는 횟수를. 시원스레 비가 퍼붓지도 않으면서 찌뿌둥하기만 하던 그날 밤, 괜스레 누군가의 빈자리를 채울 수 있으리라 믿었던 만용이 그 애에겐 오히려 상처임을 알았으니까. 사무칠 정도로 잔인하게.

'리아야, 잘 지내고 있지? 네 마음이 내키면 언제라도 좋으니 답장해줘.'

세빈은 남몰래 눈물을 닦았다. 이룸은 무슨 일이 생기면 제일 먼저 학교에 연락이 올 거라고, 리아를 믿고 기다리자고 말했지만 위로하려고 하는 입바른 소리인 줄 모를까. 요즘은 만사에 의욕이라곤 생기질 않고 짜증만 났다. 뜨거웠던 여름이 식어가는 계절의 틈이 고통스럽기만 했다.

그 때문인지 교실에 머무는 시간보다 자꾸만 〈논하라〉의 소파에 파묻히는 시간이 늘어났다. 언젠가부터는 아예 그놈의 소파를 쭉 펼쳐서 베드로 만든 다음 드러누워 자기 시작했다. 물론 수업 시간에도 말이다. 당연히 담임은 훈계라곤 귓등으로도 안 듣는 정신 나간 세빈의 상태를 집에 알렸고, 선생님 말씀이라면 성경의 한 대목처럼 여기는 부모님은 세빈이 마치 사탄에 들리기라도 한 것처럼 호들갑을 떨어댔다.

"네 누나는 단 한 번도 이런 적이 없는데…… 너는 대체 뭐가 모자라서! 대체 왜!"

이번에도 어김없이 들먹이는 누나, 그 이름도 고고한 마세윤. 하지만 이젠 타격감 따위 들지 않았다. 지금 세빈의 심장박동을 멋대로 조종하는 사람은 마세윤이 아니니까. 어머니는 목 놓아 우시고 아버지는 고함쳤지만, 그 모든 장면이 세빈에게는 벽 너머에서 윙윙거리는 TV 소음 같았달까.

문을 걸어 잠그고 침대에 눕자 책상 모서리에 붙어 있는 네컷 사진이 눈에 들어왔다. 중간고사가 끝난 다음 날이었지, 아마.

"우리도 생일마다 케이크에 촛불 켜고 사진 찍자!"

위층 기타 동아리에서 열린 생일 파티에 끼어 케이크를 얻어먹고는, 루돌프라도 된 양 코에 생크림을 묻히고 들어온 세빈이 잔뜩 흥분한 목소리로 말했다. 소파에 앉아 있던 여명이 꺅꺅거리며 손뼉을 쳤다. 이룸 역시 고개를 끄덕이며 엄지를 척 들어 올렸다.

"저기……"

벌써 시작된 듯한 축제 분위기에 찬물을 끼얹은 사람은 리아였다. 평소라면 으레 세빈의 제안에 미소로 답하던 그 애는 창가에 몸을 기댄 채 고개만 푹 숙이고 있었다.

"나는 빼고 해, 그거."

"아니, 왜?"

세빈은 구멍 뚫린 파티 풍선처럼 잔뜩 오그라들었다. 리아가 왜 저러는 거지? 내가 뭘 실수했나? 여명은 리아에게 찰싹 달라붙어 이유가 뭐냐며 쫑알거렸다.

"사실…… 나는 내가 태어난 날을 모르거든."

"유리아, 자기 주민등록번호도 모르는 고딩이 어디 있어? 같이 하자!"

"차여명! 가만히 좀 있어."

결국 이룸이 나섰다. 그 말이 끝나기 무섭게 리아는 자신을 지탱하던 무언가가 끊어진 것처럼 바닥에 털썩 주저앉았다. 그러더니 포갠 어깨에 고개를 파묻고 흐느끼기 시작했다.

"리아야, 내가 미안해……"

급기야 리아를 끌어안고 여명까지 오열하는 상황. 눈물바다가 되어버린 〈논하라〉. 이룸은 머리가 지끈거리는 표정으로 이마에 손을 가져다 댔고, 세빈은 이 사태를 어떻게 수습해야 할지 몰라 난감하기만 했다.

바로 그 순간.

"오늘을 리아의 생일로 정하면 되지! 리아야, 우리가 네 생일 축하해줄게. 열여섯 배로 축하해줄 거야. 세빈이도 그러려고 이야기한 거고. 그렇지, 세빈아?"

여명이 리아의 눈에서 흐르는 눈물을 닦아주며 눈을 찡긋했다. 그래, 바로 지금이야.

"그…… 그럼!"

"자, 그럼 다 같이 생일 축하해, 리아야!"

"유리아, 생일 축하해!"

우리 그날 참 재밌었는데. 다 같이 엽기 떡볶이도 배 터질 때까지 먹고, 코인 노래방 가서 그놈의 징글징글한 세븐틴의 「손오공」도 열창하고, 케이크에 촛불 열여섯 개 꽂을 자리가 없어서 옆에도 꽂고…… 저 사진도 찍고 말이야.

야, 차여명. 너 내 연애 도와준다고 하지 않았어? 리아가 요즘 학교에도 안 나와. 아무런 연락도 없어. 나는 이제 어떻게 해……

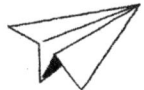

하루는 의미 없이 흘러만 갔다. 시간을 감내해야 하는 이들의 의사는 아랑곳하지 않고. 그 가운데에는 물론 세빈도 포함되어 있었다.

이제 제법 날이 서늘해져서 교실에는 춘추복을 입은 아이들도 더러 있었지만, 여전히 세빈은 하복 차림이었다. 커튼이 불어오는 바람에 펄럭, 한바탕 날갯짓을 했다. 그 바람에 책상에 엎드려 있던 세빈의 팔뚝에도 우수수 소름이 돋았다. 하지만 괜찮아, 이대로 여름을 보낼 수는 없는걸. 그리고 리아도……

눈을 감으면 여전히 그날 밤 마주쳤던 리아의 눈망울이 선했다. 아무리 공들여 만든 로봇이라고 해도 절대 인간은 될 수 없었던 닭1호의 그것과는 전혀 다른, 맑고 천연한 동공. 그 안에는 리아에게 영원히 기억 한 조각으로 남을 세빈이 박혀 있었다.

내가 너를 잊을 수 없는 것처럼 너도 나를 기억하겠지. 리아야,

너는 지금 어디에 있니?

"야, 마세빈."

누군가 책상에 얼굴을 처박고 있는 세빈의 어깨를 마구 흔들었다. 세빈은 부러 못 들은 척했다. 지금 대꾸할 기분이 전혀 아니라고. 제발 나 좀 내버려둬.

"이 새끼 뭐야? 혼자 울어?"

뒤이어 병신이니 찐따니 하는 온갖 날카로운 단어들이 세빈을 휘감았다. 주변에서 깔깔대는 비웃음 자락들도 덩달아 세빈의 어깨에 내려앉았다.

"담임이 교무실로 데려오라는데, 엎드려서 질질 짜는 중이라고 말해야겠네."

그 뒤는 심장에 이어 머리까지 이상해졌는지 제대로 기억나지 않는다. 깨진 유리 조각처럼 부스러진 파편만 남았을 뿐. 그 조각들을 이어 붙이려 할 때마다 살갗에 생채기가 나는 일을 피할 수 없었다. 그래, 마세빈은 정말 바보였으니까.

이룸이라도 교실에 있었다면 좋았을 텐데…… 하필 화장실에 간 모양이다. 울컥한 나머지 세빈은 자리에서 일어나 바로 옆자리에서 비아냥대던 녀석의 광대를 주먹으로 갈겼고, 그러고도 분이 풀리지 않아 맨 뒷자리에 있던 의자를 집어 들어 사물함으로 던졌다. 덕분에 사물함 문짝이 무려 세 개나 박살 났지만, 그 정도론 부족했다. 결국 실내화 한 짝을 벗었다.

마침 이룸이 뒷문을 열고 교실로 들어오던 차였다. 그러거나 말거나 세빈은 불투명 유리를 끼운 창이 있는 미닫이문을 향해 힘껏 실내화를 던졌다. 실내화는 아슬아슬하게 이룸의 왼쪽 귀를 스치고 미닫이문 상단의 유리창에 명중, 와장창— 하는 소리와 함께 유리 조각이 교실 바닥에 쏟아져 내렸다. 그제야 명치에 체기처럼 꽉 막혀 있던 숨통이 헉하고 뚫렸다.

 "야! 마세빈, 괜찮아?"

 이룸이 바닥에 주저앉은 세빈에게 뛰어왔다. 적잖이 놀란 표정이었다. 세빈의 몸에는 힘이라곤 하나도 없었다.

 "어…… 어. 나 괜찮아. 걱정하지 마."

 세빈은 이룸을 한 번 바라보더니 고개를 돌리고 깊은숨을 몰아쉬었다. 이룸은 말없이 세빈의 어깨를 토닥였다. 그래, 오직 이룸만이. 뒤이어 교무실에서 씩씩거리며 달려온 담임의 '야, 마세빈!' 이란 승냥이 같은 포효는 분명 이룸과 같은 단어를 내뱉고 있었지만, 그 위에 실린 감정은 전혀 다른 성질의 것이었으니까.

 이유가 명백한 분노를 다스리지 못하고 철없이 내지른 대가는 등교 정지였다. 기간은 무려 열흘. 곰과 호랑이가 인간이 되기 위해 견뎌야 하는 100일에 비하면 턱없이 짧았지만, 부모님이 체감하기에는 그 이상이었다. 가게 문을 일찍 닫으면 닫았지, 휴일이라곤 없던 '맛대로 치킨' 조례2호점이 세빈의 선도위원회가 있던 날 이후로 내리 사흘을 쉬었으니, 이런 천지개벽할 일이 또 어디

있단 말인가. 떨리는 칼끝처럼 위태위태한 상황은 결국 서울에 있는 마세윤에게도 알려졌고, 중간고사를 앞둔 누나는 세상만사에서 가장 중요한 공부까지 내팽개치고 순천으로 내려왔다. 이 모든 게 전부 세빈이 쏘아 올린 공이 만든 작품이었다.

침대 안은 따뜻하고 포근했다. 적어도 이곳만큼은 우울도 걱정도 비집고 들어올 수 없을 거야. 세빈은 이불을 머리끝까지 끌어올렸다. 바닥에 앉아 침대 프레임에 등을 기대고 중얼중얼 책을 읽는 마세윤의 목소리가 나지막이 들렸다. 어제라면 분명 짜증이 났겠지만, 오늘은 어쩐지 싫지 않았다. 그래서 백색소음을 들으며 잠을 청하듯 눈을 감았다.

현실인지 환상인지 모를 이미지 — 활짝 열린 창문으로 초록을 머금은 바람이 살랑대며 불어오는 〈논하라〉의 어느 날이었다. 그곳에서 베이지 소파와 짙은 갈색 소파를 나란히 붙이며 영화 볼 준비에 분주한 세빈, 이룸, 여명 그리고 리아.

"동편 담장으로 지금 배달 왔대! 키 큰 남학생들, 어서 출발!"

그 소리에 실내화가 벗겨질 듯 바닥을 박차고 달려 나가는 세빈과 이룸. 둘의 뒷모습을 보며 까르르 웃음이 터진 여명과 리아.

분명히 그런 날이 있었다. 새늘고 3층 구석에 자리 잡은 조그만 동아리방에서 우리끼리 행복했던 시절이.

"자?"

돌이킬 수 없는 과거에 빠져서 자맥질하던 세빈을 끄집어 올린 사람은 역시 누나였다. 정말 귀신 같은 촉이야.

"아니."

"그러면 무슨 생각을 그렇게 해?"

"……아무것도."

방 안에는 풀썩, 해묵은 먼지처럼 적막이 내려앉았다. 세윤도 세빈도 할 말을 잃었다. 사실은 알고 있었다. 누나에게 이래서는 안 된다는 걸. 어머니에게도, 아버지에게도 냉정하고 모질게 구는 삐딱한 어린애여서는 안 된다는 걸. 그런데 곪은 마음에 딱지가 엉기다 보니 미안한 마음을 드러내기가 쉽지 않았다.

"무슨 책 읽어?"

세빈이 물었다. 사실 아까부터 궁금했다. 평소라면 눈으로 문장을 훑었을 마세윤이 꼭 저 들으라는 듯 중얼대는 모습이 의아했기에.

"『젊은 베르테르의 슬픔』."\*

"젊은 베르테르…… 슬픔?"

---

\*  1774년에 발표된 괴테의 소설. 약혼자가 있는 여인 로테를 사랑하게 된 청년 베르테르가 사랑 때문에 고뇌한 나머지 자살로 생을 마감하는 내용이다.

"그래. 베르테르란 젊은 남자가 슬퍼. 많이, 아주 많이. 그런 이야기야."

 마세윤은 그렇게 대답하고 책장을 덮더니 문밖으로 나가버렸다. 세빈은 슬쩍 방바닥에 놓인 책 표지를 내려다보았다. 웬 남자와 여자가 함께 있는 그림. 아마 이들의 사연이 바로 젊은 베르테르가 슬픈 이유겠지.

 "책, 읽어봤어?"

 한참 뒤 마세윤이 저녁 밥상을 들고 방문을 열었다. 집안 분위기를 초토화한 장본인으로서 할 말은 아니지만 이번에도 닭이라니. 그래도 매콤 강정이라 다행이다. 이건 그나마 내 취향인데 누가 주문을 넣었을까. 아침 점심을 내리 굶은 세빈은 침을 꿀꺽 삼켰다. 물론 자발적 금식이었다. 입맛이 없다는 이유로.

 "아니."

 "독서도 좀 하고 그래라. 이 바보야."

 그럴 줄 알았다는 눈빛으로 마세윤은 세빈을 흘겨보았다. 세빈은 못 들은 척 이불에서 몸만 쏙 빠져나와 밥상 앞에 앉았다. 그리고 강정을 앙, 하고 베어 물었다.

 "콜라 없냐?"

 "아오, 네가 갖다 처먹어."

 "주방 나가기 좀 그렇단 말이야."

 "그러게. 그럴 짓을 왜 했어? 기다려."

이러니저러니 해도 역시 누나밖에 없다. 툴툴거리면서도 마세윤은 주방에 가서 1.25리터짜리 콜라와 유리컵까지 가져다주었다. 부서지는 탄산의 물보라에 말끔히 씻긴 느낌이 들자 세빈은 마음까지 상쾌해졌다.

"근데 아까 그 책은 무슨 내용이야?"

"뭐? 『젊은 베르테르의 슬픔』?"

"응. 표지 보니 남자랑 여자 둘이 그려져 있던데, 연애소설?"

"딱 알아봤네. 너, 연애하지?"

누나는 피식 웃었다. 그리고 마치 친구의 쓸쓸한 연애담을 추억하듯 베르테르의 불운했던 사랑을 읊조렸다.

"그러니까 사랑이 본질적으로 쉬운 게 아니야. 고전에서도 말하잖아, 무려 괴테가."

세빈은 고개를 끄덕였다. 아니, 끄덕일 수밖에 없었다. 괴테도 그렇다고 하고 천재 마세윤도 그렇다고 하는데 감히 나, 마세빈 따위가 뭐라고 반대를 해? 무조건 동의지.

"그래서 네 연애는 잘되어가고?"

이렇게 훅 들어오는구나. 역시 마세윤이다. 세빈은 고개를 도리도리 저었다.

"너는? 누나는 어떤데?"

"나야 뻔하지 않냐. 장학금 받으려면 죽기 살기로 공부하는 길밖에 없지. 그리고 아직 그 사람만큼 눈길이 가는 사람을 못 만나기도 했고."

"그 사람? 누나 찬 남자?"

이번에는 마세윤이 밥상 너머에 앉아 있던 세빈을 발로 찼다. 세빈은 '아야!' 하는 비명과 함께 매콤 강정을 쥔 젓가락을 방바닥에 떨어뜨렸다. 젓가락이 오가던 허공에는 볼멘소리가 핑퐁핑퐁 날아다녔다. 그것을 몇 번이나 주고받은 끝에야 둘은 마주 보며 웃을 수 있었다.

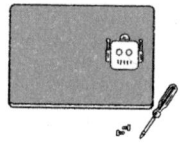

"로봇…… 만들어본 적 있어?"

세빈은 부모님께도 차마 털어놓지 못한 이야기를 시작했다. 동아리 친구들과 함께 본 영화 「TOM」, 갑작스럽게 맞이한 여명의 죽음, 그 애를 다시 만나려고 제작한 휴머노이드, 그럼에도 반복된 이별 그리고 리아……

"네 마음은 지금 어떤데?"

누나가 물었다. 세빈은 고개를 푹 숙였다.

"후회돼. 아무것도 하지 말 걸 그랬어."

참으려고 해도 눈물이 나왔다. 나란 놈은 왜 이렇게 약해 빠졌을까. 나도 이런 내가 싫은데 누가 나를 좋아하겠어. 마세빈, 이 바보 멍청이.

누나는 어떤 말도 하지 않았다. 그저 세빈을 꼭 안으며 등을 토닥일 뿐. 세빈은 소리 내어 실컷 울었다. 늘 명치끝에 걸려 있어

거북하기만 하던 응어리가 모조리 녹아내릴 때까지.

그날 밤은 마세윤이랑 같이 잠을 잤다. 세빈은 침대에서, 마세윤은 바닥에서. 모레부터 중간고사여서 내일 다시 서울로 올라가기 전에 특별히 함께 자주는 거라며 으스대는 것도 절대 잊지 않는 다정한 누나와.

누나와 어둠 속에 나란히 누워 있는 벽 너머로 어머니 아버지가 다투는 소리가 들려왔다. 행여나 우리가 들을까 봐 소리를 낮추었음에도 불구하고 생생히 느껴졌다. 뭉개진 음절 위에 실린 격앙된 감정이.

"나 때문일까?"

제풀에 움츠러든 세빈이 물었다.

"아니야. 두 분이 저러시는 거야 종종 있는 일인데, 뭘. 신경 쓰지 마."

누나는 역시 누나라고 늘 생각했다. 항상 마세윤은 질문을 던지면 정답일 수밖에 없는 대답만 하거든. 그게 진실이든 거짓이든. 바로 지금처럼.

"세빈아."

"응?"

"난 말이야. 예전엔 로테 곁에서 영영 떠나버리는 베르테르가 참 멋지다고 생각했거든. 그래서 그 사람에게 내 멋대로 고백하고 내 멋대로 이별했는데 말이야."

"응……"

"네 이야기 들으니 머리가 띵하더라. 왜 나는 그리 매몰차게 그 친구의 마지막에 헌화조차 하지 않았는지…… 친구와 한 번 더 만나고 싶어 했던, 그렇게라도 마지막 인사를 하려 했던 네 간절함에 왜 나는 반의반도 닿지 못했을까 후회스럽고……"

"누나……"

"네 마음을 인정하고 스스로 보듬어줘. 그 애도 너만큼 힘들 테니까. 지금은 모두 자신을 안고 토닥일 시간이 필요하잖아."

"……"

"사랑하는 사람이 나와 같은 지구에 존재한다는 사실만으로도 위로가 될 때가 있더라. 세빈아, 정말 그렇더라고."

말을 마치자마자 누나는 이불을 뒤집어썼다. 입술을 앙다물고 치미는 울음을 꾹꾹 누르는 숨결이 느껴졌다. 덩달아 세빈까지 콧날이 시큰해지는 밤이었다.

다음 날, 마세윤은 세빈이 곤히 잠든 사이 새벽 기차를 타고 서울로 돌아갔다. 일어났을 적에는 방바닥에 누나가 그토록 낮은 음성으로 중얼대며 읽던 『젊은 베르테르의 슬픔』이 덩그러니 놓여 있었다.

'바보.'

세빈은 속으로 그렇게 생각하면서도 책을 집어 든 다음, 마지막 페이지까지 거침없이 읽어내렸다. 그 시절의 누나를 이해하기 위해서였다. 누나가 자신을 이해해준 것처럼.

그리고 오랜만에 「TOM」을 다시 보았다. 여전히 싱그러운 초록으로 남겨진 그날의 분주한 기억들. 달라진 점이 있다면 주인공 톰의 얼굴 위에 닭1호의 얼굴이 드문드문 겹쳐 보인다는 것. 하지만 더 이상 눈물이 나진 않았다. 입가에 까마득한 미소만 지어질 뿐.

드디어 이제 학교에 돌아갈 시간이 되었나 보다.

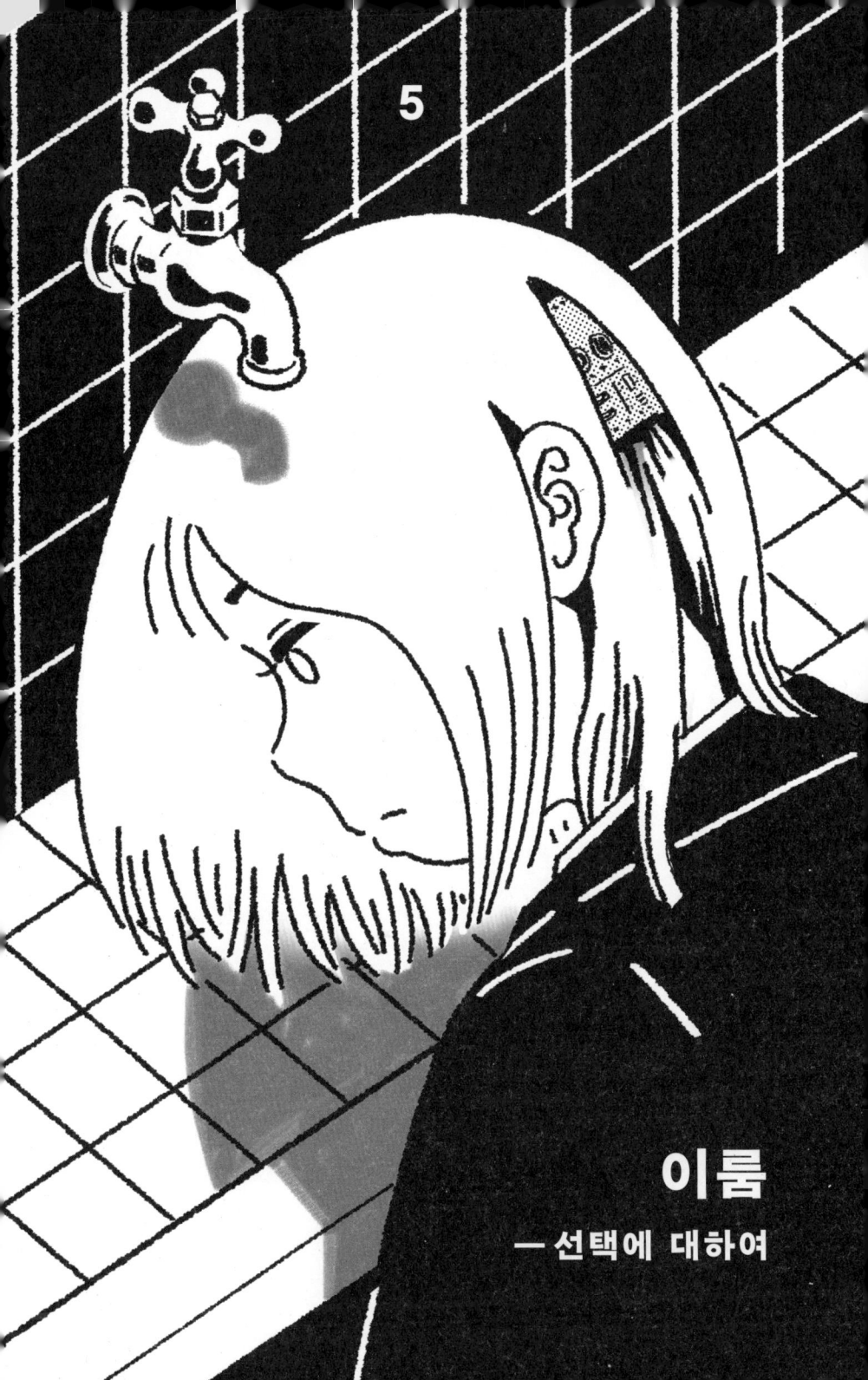

"야야야야, 진짜야?"

세빈이 호들갑을 떨며 이룸의 자리로 다가왔다. 뒤에 무슨 말이 이어질지 익히 짐작이 가는 저 표정. 이룸은 고개를 끄덕였다.

"미쳤어? 미쳤냐고! 나도 다 찍진 않았어."

"조용히 좀 말해."

이룸은 세빈의 어깨를 잡아끌었다. 그렇지 않아도 주변에서 힐끔대는 시선이 느껴졌다. 더러 수군대는 것 같기도 했다.

"한 번호로 찍었어? 아니면 랜덤으로?"

"지금 그게 중요하냐?"

이룸은 세빈의 머리를 거칠게 휙 쓰다듬고는 뒷문을 향해 일어섰다.

"야, 어디 가?"

"화장실 간다!"

금요일, 2학기 중간고사 마지막 날. 종례만을 남겨둔 복도는 형체 없는 소음으로 가득 차 있었다. 서둘러 귀가하라는 담임의 한마디를 기다리며 교실에 들어앉아 다들 바깥으로 얼씬도 하지 않았지만, 결과가 어떻든 시험이 끝난 즐거움을 만끽하는 학생들의 재잘거림으로. 그 가운데 오직 이룸 혼자 미간을 잔뜩 찌푸린 채 창가를 등지고 턱을 만지는 중이었다.

'그래도 집에는 가봐야겠지……?'

생각은 정리됐지만 좀처럼 용기가 나지 않았다. 중2병 환자도 아니고 입시 문제로 부모님과의 전투에서 이겨보겠다며 중간고사 답안지를 모조리 오답으로 체크해서 내다니. 이룸은 스스로도 자신이 유치하다고 생각했다. 하지만 펄펄 끓는 용암처럼 솟구치는 화를 잠재우려면 이 방법뿐이었다.

'오늘은 일단 후퇴하자.'

시험이 끝난 직후여서 새늘 2관은 역시나 텅 비어 있었다. 지정석처럼 항상 앉는 널따란 직사각형 책상에 이룸은 책도 펴지 않고 그대로 엎드렸다. 머릿속은 엔딩 크레디트까지 지나간 영화관 스크린처럼 새카맸다. 아무런 생각도 나지 않았다.

"거기 누구야?"

날카롭게 귓속으로 파고드는 목소리. 고요함이 와장창 깨지는 순간. 이룸은 상체를 일으켰다. 담임이었다.

"주이룸, 시험 끝났는데 왜 집에도 안 가고 여기 있어?"

그러게요. 공부를 하는 것도 아니고, 잠을 자는 것도 아니고 저는 여기에서 뭘 하고 있는 걸까요. 이룸은 괜시리 머쓱해져 머리를 긁적였다.

"이제 가려고요."

의자에 걸쳐놓은 가방을 메고 후다닥 자리에서 일어나 부리나케 문으로 직행했다.

"주이룸."

"네?"

담임이 이름을 부를 때면 늘 긴장이 됐다. 그는 별명이 프로 불편러일 정도로 매사 불편한 잔소리쟁이였으니까. 설마 이번 중간고사를 엉망으로 본 걸로 또 한마디 시작할 셈은 아니겠지.

"앉아봐."

오늘따라 유독 중저음인 프로 불편러였다. 이룸은 문에서 가장 가까운 책상에 딸린 의자에 다소곳이 앉았다. 그 맞은편에는 담임이 앉았다.

"내 과목인 국어 답안지를 아까 봤는데…… 답만 아주 교묘하게 피해서 마킹했더라, 너."

예상대로였다. 이룸은 고개를 푹 숙였다.

"……잘했다."

의외의 반응. 눈이 커진다는 게 이런 말일까. 맞은편 거울을 보며 확인하고 싶었지만, 고개를 들기에 이룸의 간은 너무 작았다.

"뭘 위해서 싸우는지 모르겠다만 쉽지 않을 거야. 정시로 돌리자는 주변의 성화도 계속될 테고. 한 번으로 이길 수 있으리란 기대는 안 하는 게 좋아."

"······각오하고 있어요."

꾹 참아왔던 눈물이 터지고 말았다. 담임은 이룸의 등을 가볍게 쓸어내렸다.

"이제 어쩔 생각이니?"

"잘 모르겠지만······ 지금은 소설을 써보고 싶어요."

꺼이꺼이 울음을 삼키면서도 이룸은 말했다. 자신은 아름다움이란 가식을 뒤집어쓰고 타인을 찌르는 예술의 저열함이 싫다고. 그런 위선을 벗고 온몸으로 고백하는, 진실한 문학을 하고 싶다고.

"그건 너를 위한 거니?"

폐부를 찌르는 질문이었다. 이룸은 잠시 고민했다.

"모르겠어요. 하지만······ 그런 것 같아요."

"네 삶은 온전히 네 거야. 잘 생각해야 해."

내 삶. 의사가 되는 삶과 소설가가 되는 삶 중에서 내 삶, 내 삶이란······

"확신하지 못하겠어요. 그런데 분명한 건 의대 진학이 당연하게 제게 부여된 사명이었다면, 지금은 그 길을 고민할 때라는 거예요. 글을 쓰다 보면······ 그게 뭐든, 진짜 가야 할 길을 찾을 수 있을 것 같아요."


골목에 쭈그려 앉아 달을 바라보면서 톰은 린지를 떠올렸습니다.

곁에서 동행하는 고양이 로봇이 톰에게 물었습니다.

"린지를 사랑하게 된 걸 후회하지 않아?"

톰은 대답했습니다.

"후회하지 않아. 나는 수많은 사람들 가운데 린지를 사랑하길 선택했어. 그 마음은 결코 변하지 않는다고."

이룸의 대답에 담임은 고개를 끄덕였다, 엷게 미소 띤 얼굴로.

"그래, 세상에 100퍼센트 확신을 가진 선택이 어디 있겠니. 네 생각이 그렇다면 힘껏 해봐. 혹여나 후회될 때는 다시 돌아오고. 인간은 다들 그렇게 굽은 길로 돌아가며 살아가는 법이다."

처음으로 받은 격려였다. 이룸은 가슴이 벅차올랐다. 어깨를 두드려주는 담임에게 꾸벅 인사를 하고 새늘 2관을 나서려는 찰나였다.

"맞다, 주이룸!"

"네?"

또다시 이룸을 부르는 소리에 뒤를 돌아보았다. 담임은 한쪽 팔을 길게 뻗어 이룸의 목덜미를 붙잡으려는 자세로 엉거주춤 서 있었다.

"부모님께는 내가 전화해서 잘 말씀드릴 테니까 빨리 집에 들어가라!"

"네, 네!"

  이룸이 걷고 있는 곳은 산 아래 외딴길이었다. 광주행 버스를 타는 정류장 방향과는 전혀 다른. 이룸은 지금 여명의 집에 찾아가는 중이었다. 매일 밤 꿈에서 만나는 여명에게 입술조차 달싹이지 못하는 자신이 바보 같아서 견딜 수 없었기에 뭐라도 붙잡고 싶었다면 그 까닭이 조금은 설명되려나. 사실 이보다 구체적인 이유는 말하기 어려웠다. 지금 이룸의 마음은 여명에게 닿고 싶다는 생각으로 터질 것 같았으니까.

  분명 해가 머리 위를 비추는 시간임에도 시내에서 동떨어진 길을 홀로 걷는 일은 어쩐지 으스스했다. 얼마 전 와본 적이 있는데도 말이다.

  '지금이라도 세빈이한테 연락해서 오라고 할까?'

  외로움 뒤에는 필연적으로 두려움이 따라붙는다. 상황에 대한 미시감, 좌절에 대한 불안감, 조력자를 향한 열망. 이 모든 감정이

갖은양념처럼 뒤섞여 뇌를 절여놓기에 정상적인 사고가 불가능해지는 것이다.

"야, 나야. 너 지금 어디야?"

결국 이룸은 참지 못하고 세빈에게 전화를 걸었다. 하지만 돌아온 대답은 퉁명스럽기 그지없었다.

"어디겠냐, 집이지."

"뭐 하고 있는데?"

이룸은 침을 꿀꺽 삼켰다.

"배달 간다, 요 앞 아파트에."

세빈은 이룸의 전화만 기다렸던 양 누나에게는 생전 바라지도 않던 배달을 시킨다는 둥, 그러면서 성적이 잘 나오기를 기대하는 건 순 도둑놈 심보 아니냐는 둥 불만을 쏟아냈다. 어찌나 흥분해서 떠들어대는지 이룸은 정작 용건을 꺼낼 틈도 없었다.

"야야, 나 도착했어. 고객님께 치킨 드려야 해. 끊는다."

한참 떠들어대던 세빈은 목적지에 도착했는지 후다닥 전화를 끊었다. 허무한 마무리에 이룸은 잠시 머리가 멍했다. 그래도 수확이 아예 없진 않았다. 휴대전화를 귀에 대고 무작정 걷다 보니 어느새 여명의 집에 도착했으니까.

딩—동

더위에 지쳐 늘어진 그림자를 이끌고 그때처럼 초인종을 눌러

5. 이룸—선택에 대하여

보았지만 안에서는 아무런 기척도 없었다. 어쩔 수 없이 시커먼 철제 대문 앞에 등을 기대고 주저앉았다. 그리고 지난밤 제대로 청하지 못했던 잠에 깊이 빠져들었다.

주

이

룸

주

이

룸

들으면 미안하고…… 또 그리운…… 목소리. 꿈에서 이룸은 동아리방 〈논하라〉의 소파에 홀로 앉아 울고 있었다. 우는 이유는 알 수 없었지만 참 많이 슬펐고, 그래서 소리 내어 엉엉 울었다. 혼자여서 다행이었다. 아마도 교내에서 마음껏 울 수 있는 장소는 〈논하라〉뿐이었기에 이곳으로 도망친 거겠지. 하늘에는 구름이 자욱해서 달은 보이지 않았지만, 커튼 너머로 정체 모를 노란 빛이 비집고 들어와 바닥을 환하게 비추고 있었다.

그때였다. 소파 뒤편에 자리한 회색 캐비닛의 문이 끼익 열렸다. 그리고 물에 닿아 알아볼 수 없는 얼굴로 변해버린 닮1호가 벌떡 일어나 저벅저벅 걸어 나왔다. 이룸은 그 광경이 너무나 기이했지만 두렵지는 않았다. 그저 가시지 않는 슬픔에 벅차올라 목놓아 울기만 할 뿐. 그런 이룸 앞에 닮1호가 발걸음을 멈추었다.

"여명아……"

이룸이 닮1호를 불렀다. 로봇은 아무런 대답이 없었다. 음성 발화 장치도 손상되고 만 것인지.

"여명아, 미안해…… 진짜 내가…… 미…… 안…… 해……"

흐느낌을 꾹 누르고 쥐어짜듯 목소리를 내어 드디어 건넨 사과. 여명은 받아들였을까? 이룸의 간절한 마음을.

"괜찮아."

그것은 분명 여명의 목소리였다. 닮1호의 단조로운 기계음이 아니었다. 이룸의 눈에서 끝없이 하강하던 눈물이 멈추었다. 이룸은 닮1호의 망그러진 얼굴을 올려다보았다. 리아가 만든 유리 눈동자만은 여전히 투명하게 빛나고 있었다. 로봇은 서서히 오른손을 들어 올렸다. 그 손으로 이룸의 눈가에 맺힌 물방울을 닦아주었다.

그제야 이룸은 눈을 떴다. 좁은 도로 주변으로 울창하게 뻗어 오른 녹음. 그 위를 감싸는 어둑어둑한 대기. 맞다! 나, 아까 여명이네 집에 왔었지.

지대보다 높이 솟아 있는, 다시 봐도 거대한 이 집은 여전히 불이 커지지 않은 상태였다. 이제는 여명도, 살아 있는 무엇조차도 머무르지 않는 듯이. 어쩌면 나는 이곳을 찾기 전, 이조차 예상했는지 모른다. 이룸은 쓴웃음을 지었다.

누구도 만나지 못한다면 이제 방법은 하나뿐이었다. 이룸은 책가방에서 연습장을 꺼내 펜으로 정성껏 쓰기 시작했다. 시간이 흘러 주위가 완전히 캄캄해질 무렵에야 손을 멈춘 이룸은 종이를 찢어서 비행기로 접은 후 담장 너머 여명의 방을 향해 날렸다.

여명이에게

미안하다는 말은 하지 않을래.
나는 너를 영원히 기억할 거니까.
네가 지우려 했던 글을
내가 조심스레 써보려 해.
네가 끝내 찾지 못한 답을
찾고 싶어져서 말이야.
그날까지 조금만 기다려줘.

이룸으로부터

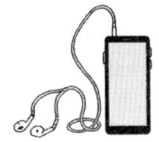

　홀홀. 그래, 모두 홀홀 털어냈다고 말이야. 그랬다고 생각했다. 그러길 바랐다. 담임이 무슨 마법을 부렸는지 몰라도 부모님은 겉으로는 이룸에게 실망 한 점 드러내지 않았다. 오히려 평소보다 더 자상한 표정이라 죄송스러울 지경. 그래서 이룸은 일요일 오후 버스 대신 월요일 새벽 버스로 순천에 돌아왔다.
　모처럼 재잘재잘 참 많이도 떠들었다. 동아리 친구들과 본 영화 속 꼬마 로봇의 이름은 무엇인지, 학교에서 신경 쓰이는 여자애는 없는지, 세빈과는 주로 뭘 하며 시간을 보내는지, 이번 시험에서 발칙한 짓을 저지를 계획은 언제부터 세운 건지 아주 낱낱이 이실직고했다. 아버지는 폭소를 터뜨렸고, 이룸도 덩달아 배를 쥐고 웃었다. 그렇게 모든 일은 별것도 아니었던 것처럼 투명해졌다.
　순천으로 돌아오는 도로에는 터널이 꽤 많았고, 통과할 때마다 지상에 내려앉은 희끄무레한 안개도 뚫고 지나가야 했다. 어쩐지 그게 의식 한 귀퉁이를 잡아당기는 듯 아득해 이룸은 절로 자는 것도, 깨어 있는 것도 아닌 상태에 빠져들고 말았다. 그 상태로 목적지에 도착했고, 버스에서 내린 다음 터벅터벅 걸어서 새늘고 교문을 통과했다.

조회를 앞둔 월요일의 교실은 평소보다 더욱 소란스러웠다. 중간고사가 끝났다는 안도와 주말을 휘감았던 흥분이 뒤섞인 아수라장. 평소라면 따분한 자습이나 하고 있을 교실이지만 오늘은 달랐다. 삼삼오오 무리 지어 잠시나마 누렸던 자유에 대한 무용담을 늘어놓느라 정신이 없었다.

"진짜 서울까지 다녀왔어?"

"그래. 토요일에 남친하고 드림랜드 갔다고!"

"좋겠다, 드림랜드! 나도 못 간 지 오래됐는데!"

무려 순천에서 서울까지 다녀왔다고 자랑하는 여자애들의 환호성을 지나쳐, 이룸은 교실 왼편 창가에 붙어 휴대전화에만 코를 박고 있는 세빈에게 향했다.

"주말에 뭐 했어? 연락도 안 하고."

"집에 있었지. 너도 연락 없던데. 뭐 했어?"

"나도 집에 있었지."

이룸과 세빈은 주먹을 가볍게 툭 치며 인사했다. 언젠가부터 무료하고 따분해진 일상. 짐작되는 이유가 있지만, 굳이 입에 올리지는 말자. 이건 너와 나의 불문율인걸.

"어? 그런데 얘…… 어디서 많이 본 사람 같은데?"
"야, 이거…… 걔! 유리아, 사라진 유리아 아니야?"
"그래! 몇 반이더라? 그 죽은 애 있는 반! 그 반에서 사라졌다는 애, 유리아!"
귀가 번뜩 뜨였다.

유리아.
리아.

이룸과 세빈은 약속이라도 한 것처럼 쏜살같이 리아의 이름이 들려오는 쪽으로 달려갔다. 조금 전 드림랜드에 다녀왔다는 자랑을 신나게 늘어놓던 바로 그 여학생 무리였다.
"뭐야? 무슨 이야기야?"
"아니, 그게…… 이 사진 좀 봐."
갑자기 끼어든 세빈의 기세에 놀란 여학생이 휴대전화를 내밀었다. 이룸과 세빈은 그 네모난 물건을 빼앗듯이 쥐어 들고 유심히 들여다보았다.
테마파크에서 한 여학생이 환하게 웃는 사진이었다. 뒤에는 바이킹처럼 보이는 구조물이 보였고, 놀라운 사실은, 그 앞 벤치에 분명히 새늘고 교복을 입고 앉아 있는 여학생의 모습이 작게 찍혀 있었다는 것이다. 이룸과 세빈은 여학생의 얼굴을 확대해보았다. 흘러간 시간처럼 희미한 형체였지만, 그 애는 정말 리아였다.

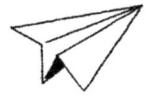

이곳에서 난 매일 여명을 본다.

여명아, 오늘도 나는 우뚝 솟은 대관람차 앞에서 눈부신 너를 바라보고 있어. 새카만 어둠을 붉게 물들이며 숨소리조차 들리지 않던 이곳에 채색된 호흡을 불어넣는 네 존재감. 새벽마다 나는 이렇게 너를 바라보며 하루를 시작해. 답답했던 기숙사를 벗어나서 말이야.

여기가 어디인지 알아? 언젠가 너와 꼭 함께 오고 싶었던 곳. 꿈의 땅, 드림랜드야. 나는 요즘 여기서 지내. 정말 놀랍지 않니? 초등학생 시절, 홀로 반찬 없는 도시락을 먹던 소풍의 기억만 가득한 이곳에서 내가 머무르고 있다는 사실이!

닭1호, 아니—너를 눈앞에서 또다시 잃고 나는 견딜 수 없었어. 차라리 널 따라 죽어버리고 싶다고 생각할 정도였으니까. 정처 없이 달렸지. 그저 앞으로…… 앞으로만…… 그러다 도착한 곳이 순천역이었고, 나는 상행선 기차에 올라탔어. 표도 사지 않은 채 숨만 헉헉 몰아쉬면서. 기차 안 화장실 곁에서 쪼그리고 앉아 우는 나를 역무원이 힐끔 바라보더니 그대로 지나간 건 정녕 내 처지를 몰라서였을까. 그렇게 나는 다시 서울에 돌아왔어.

처음부터 드림랜드를 떠올리지는 못했어. 단지 너를 향한 그리움으로 터질 듯한 마음을 견딜 수 없었을 뿐. 알잖아, 기대가 차마 닿지 못했을 때 파생되는 좌절감이 얼마나 큰지. 당시 내 그리움도 그런 종류였을 테지.

그 순간 내게 희망이 찾아온 거야. 이번에는 정말 마법 같은 희망. 그거 알아? 여명아, 드림랜드에서 가장 인기 있는 놀이기구인 매지컬십 말이야. '마법의 배'라는 이름에 걸맞게 뱃머리에 아주 근사한 파란 머리 여신상이 조각되어 있거든. 나는 '드림랜드'라는 표지판을 보자마자, 그 모습과 함께 어떤 이름이 떠올랐어.

푸른 요정.

여명아, 난 너를 꼭 다시 만날 거야. 이곳에서 꿈꾸며 너를 기다릴 거야. 너를 만나서 꼭 네게 사랑한다고 말할래.

그날까지 안녕.

곧 직원들이 들이닥칠 시간이었다. 리아는 서둘러 세면대의 수전을 잠갔다. 찬물로 세수해서 얼굴이 얼얼했지만 이제는 익숙했다. 화장실에서 빠져나온 리아는 잽싸게 매지컬십 아래에 있는 자신만의 비밀 공간으로 몸을 숨겼다. 여기라면 안전해. 누구도 나를 찾지 못할 거야. 리아는 눈을 감았다.

"마지막 기기 점검!"

바깥에서는 개장 준비 중인지 사람들이 부산하게 오가는 발걸음 소리와 함께 시끄러운 고함이 뒤섞여 메아리쳤다. 리아는 속으로 '10, 9, 8, 7……'을 세며 카운트다운을 시작했다. 그리고 0을 외친 순간!

"드림랜드에 오신 여러분을 환영합니다!"

경쾌한 음악에 맞추어 뻥뻥 터지는 축포, 그리고 발랄한 목소리로 외치는 환영의 인사. 여기는 드림랜드입니다. 어서 오세요.

리아는 미소 지었다. 맞아, 여기는 새늘고가 아니야. 여기는 드림랜드야.

여기서 생활한 지 거의 두 달째였다. 하지만 여전히 푸른 요정은 묵묵부답이었다. 웃으면서 달래보고, 미친 듯 소리도 질렀고, 울면서 애원도 했지만 아직도 내 소원은 이루어지지 않았으니까. 톰이 그랬던 것처럼 나도 영원한 잠에 빠져야만 여명을 만날 수 있으려나.

"식사하러 가시죠. 잠깐 휴식하겠습니다!"

점심시간이 되었나 보다. 사람들이 멀어져가는 기척이 느껴졌다. 리아는 조심스럽게 비밀 공간의 쪽문을 살그머니 열었다. 그리고 거리의 인파에 섞여서 조금 걷다가 화단 앞 벤치에 척 걸터앉았다.

눈부시게 파란 하늘. 가을이어서일까. 어느덧 계절이 바뀌었다. 분명 이곳에 도착했을 적만 해도 모든 게 녹아내리는 무더위가 한창이었는데, 이제는 선선한 바람이 불어오다니. 가끔 이렇게 지내는 내가 낯설 때가 있다. 무엇이 다 바뀌어버린 걸까? 리아는 바람을 쥐려고 허공으로 손을 뻗었다. 안타깝게도 잡히지 않았다.

휴대전화 배터리는 닳은 지 오래. 날짜도 시간도 실시간으로 알 길이 없는 나날. 리아는 높게 솟은 시계탑의 시각을 확인했다. 지금은 9월 27일 수요일 13시 16분. 평일 오후인데도 사람들이 많기도 하구나.

"여명아!"

무수한 이름의 메아리 속에서도 바로 끄집어낼 수 있는 너. 갑자기 뒤에서 누군가가 불렀다. 음울한 마음 구석까지 환하게 만드는 목소리로, 바로 그 애의 이름을.

리아는 반사적으로 일어나 뒤돌아보았다. 거리에는 사복을 입은 한 무리의 여학생이 화사하게 웃으며 어디론가 향하고 있었다. 그중 어깨까지 머리를 늘어뜨린 한 여학생이 단발머리 여학생에게 계속 뭐라고 신이 나서 지껄이는 얼굴이 보였고, 시시각각 모양이 바뀌는 그 입술은 이야기 중간마다 줄곧 '여명'이란 이름을 말하고 있었다.

"뭐야……"

눈물이 핑 돌았다. 아니야, 아니잖아. 저 애는 내가 간절히 기다리던 차여명이 아니야.

그럼에도 시선을 뗄 수 없었다. 리아는 자신도 모르게 그들을 뒤따르며, 또 다른 여명과 그 옆에서 팔짱 낀 여학생을 유심히 바라보았다. 가로막힌 건물 때문에 그림자가 늘어진 거리를 지나고 있었지만 유독 반짝거렸다, 저 둘은. 까만 점이 박힌 눈동자를 마주치면서 까르르 웃음 섞인 목소리로 쉬지 않고 부르는 이름. 여명, 차여명.

어쩌면 어느 가을, 나와 여명의 모습이었을지도 모르지. 불현듯 스치는 생각에 리아는 더 이상 참을 수가 없었다. 내가 아찔할 정도로 끌렸던 여명은 항상 저렇게 밝은 햇살 같았지. 이렇게 구렁

텅이에 빠져서 비참하게 허우적대는 나와는 달리 말이야. 지금 스스로가 유난히 초라해 보이는 건 왜일까.

여명은 두 번이나 리아를 떠났다. 처음에는 리아가 없는 곳에서, 그다음에는 리아의 눈앞에서. 여명이 자신에게 말 한마디 남기지 않고 세상을 등졌다는 사실도 견딜 수 없었지만, 더욱 괴로웠던 건 생을 부정하는 닮1호였다. 나는 이미 죽었어…… 그렇게 말하는 로봇의 음성은 단숨에 리아의 급소를 찔렀다. 하지만 널 다시 만난 걸 후회하진 않아. 그러지 않았다면 난 이미 너를 찾아 떠났을지도 몰라. 너는 내 삶의 유일한 의미니까.

보건실에서 나와서 걷던 그때, 불어오던 바람결에 날리던 그 애의 짧은 머리카락이 떠올랐다. 앞질러 걷다가도 뒤돌아서 환하게 웃던 미소. 쪼르르 내 곁으로 달려와 나란히 설 때면 닿을락 말락 하던 손끝. 그렇게 찬란하던 네 곁에 있던 나.

말을 하면 더욱 배터리가 빨리 닳는다는 사실을 톰은 모르지 않았습니다. 하지만 도저히 말하지 않고는 견딜 수 없었습니다.

린지를 다시 만난다면 꼭 하고 싶었던 그 말.

"사랑해요, 린지. 나는 인간이 아니지만 당신을 사랑해요."

그러자 린지가 부드러운 목소리로 톰의 귀에 대고 속삭였습니다.

"사랑해, 톰. 네가 인간이 아니어도 너를 사랑해."

리아는 고개를 끄덕이고는 오른손으로 눈물을 훔쳤다. 그리고 다다다다 앞으로 달리기 시작했다. 말할 거야, 말해야 해. 지금이 아니면 안 돼.

갑자기 뒤에서 누군가 달려오는 소리가 들리자 저만치서 걷던 소녀들이 놀라 뒤를 돌아보았다. 여명이란 이름을 가진 여학생과 그 옆에서 팔짱을 낀 생머리 여학생도 짐짓 당황한 눈치였다. 하지만 리아는 그러거나 말거나 숨을 헉헉 몰아쉬며 그들을 향해 큰 소리로 외쳤다.

"여명아, 사랑해! 사랑한다고!"

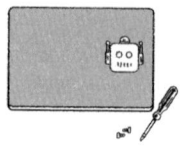

반년 만에 신림동 집에 돌아가는 길은 리아 혼자가 아니었다. 옆에서 세빈과 이룸이 보폭을 맞추어 걷고 있었으니까. 둘은 혼잡한 드림랜드 출입구 앞에 죽치고 서서 만 하루하고도 여덟 시간 42분이나 리아를 기다렸다. 엇갈리면 어쩌려고 그런 무모한 짓을 했는지. 아니, 대체 언제까지 기다릴 작정이었는지. 그러나 셋 다 아무런 질문도 하지 않았다. 마치 어제 만나고 헤어졌던 사이처럼 인사를 나눈 뒤 대수롭지 않은 목소리로 동행할 의사를 물었을 뿐이다.

"집에 잠깐 들러야 하는데, 같이 갈래?"

방 한 칸에 조그만 부엌, 그리고 욕실 하나가 딸린 원룸. 어쩜 이리 그대로일까. 아니, 조금 더 난장판이 되고 조금 더 퀴퀴한 냄새가 배었구나. 구역질이 난다. 빨리 도망치고 싶어. 현관에 세빈과 이름을 멀뚱히 세워두고, 리아는 빛바랜 비키니 옷장에서 옷가지를 꺼내 구석에 처박혀 있던 쇼핑백에 처넣었다.

삐삐삐삑 —

갑자기 현관에서 달갑지 않은 기계음이 들려왔다. 도어록 키패드를 누르는 소리. 역시 그 사람이겠지? 손바닥만 한 이 집도, 그리고 나까지도 좌지우지하던 내 아빠……

아니나 다를까. 엉망진창인 집만큼이나 너절한 꼴은 여전했다. 어디서 다쳤는지 알고 싶지도 않지만, 절뚝이는 다리에 부랑자처럼 걸친 옷가지에는 땟국물이 줄줄 흘렀다. 벌건 얼굴을 보아하니 또 술을 진탕 마신 모양. 저렇게 사는 게 지겹지도 않을까. 리아는 한숨이 나왔다.

"이년이 이제 집에 남자까지 끌어들여?"

세빈과 이룸이 말릴 새도 없었다. 남자는 먼지투성이 신발을 벗지도 않고 성큼성큼 방 안으로 걸어 들어와 리아의 머리채를 휘어잡았다.

"제 어미를 닮아서 이젠! 이젠!"

남자의 눈은 누렇게 변해버린 흰자에 핏대가 잔뜩 서 있었다. 보다 못한 세빈과 이룸이 둘을 떼어놓으려고 달려들었다.

"아저씨, 진정하세요! 저희는 리아 학교 친구들이에요! 이상한 사이 아니라고요!"

"저리 안 비켜? 이 새끼들아!"

공벌레처럼 몸을 잔뜩 웅크린 리아를 비호하려고 세빈과 이룸은 남자와 몸싸움이라도 불사할 기세였다. 아니, 그럴 수밖에 없는 상황이었다. 남자의 주먹이 둘의 턱 밑까지 스치기 직전이었으니. 그때 갑자기 리아가 벌떡 일어나 세빈과 이룸을 뒤로 밀어젖히더니 제 아빠를 마주 보고 섰다.

"이년이 아비가 우스워?"

남자는 기다렸다는 듯 리아의 뺨을 찰싹 때렸다. 그리고 다시 리아의 머리채를 잡으려고 손을 뻗었다.

"왜요? 죽이기라도 하시게요?"

아주 차분하고 또렷한 목소리였다. 질 수 없어. 이제는 지지 않아. 더 이상 나락에서 허우적대고 있을 수만은 없거든. 나는 어떻게든 빠져나갈 거야. 햇빛이 찬란하게 비추는 양지로 훨훨 날아갈 거야.

"그동안 아무 말 하지 않았다고 해서 모르고 있던 것 아니었어요. 말해볼까요?"

남자는 어리둥절한 표정이었다. 리아가 무슨 이야기를 하려는지 전혀 감을 잡지 못하고 있었다. 그럴 만도 하지. 모름지기 가해자란 쉽게 잊는 법이거든. 자신이 상대의 몸에 그 날카로운 손톱으로 얼마나 깊은 생채기를 냈는지, 그 깊은 상처가 아물지 않고 곪고 곪다가 결국에는 흉터로 변해 끝끝내 몸에 서글픈 나이테를 남기고 말았다는 걸. 너무나 당연한 반응에 리아는 피식 웃었다.

그리고 이야기를 시작했다.

"밤마다 만졌잖아요. 제 몸 말이에요. 아주 구석구석. 내가 숨소리 한 번 내지 못할 정도로."

처음이었다, 꼭꼭 숨겨두었던 진실을 꺼내놓은 건. 뭐라고 쏟아냈을까. 내게 어둠은 생지옥 그 자체였다고요. 당신이 그 마음이 뭔지 알기나 하나요? 난 당신을 증오해요. 당신이 내 아빠라는 사실이 몸서리쳐질 정도로 싫어. 나는 이 시궁창에서 벗어날 거예요. 이제 내게 손끝 하나도 대지 말아요. 더 이상 가만히 있지 않을 거니까. 아마도 이런 이야기였을 테지.

"리아야!"

세빈이 왈칵 울음을 터뜨리며 리아의 어깨를 붙잡았다. 하지만 리아는 끄떡도 하지 않았다.

"리아가 한 말이 전부 사실이라면 아저씨는 범죄자예요."

이룸도 한 발짝 앞으로 나서며 거들었다.

"리아에게 사과하세요, 당장!"

"용서 빌라고! 당신, 우리가 신고할 거야!"

분개한 아이들의 기세에 남자도 주춤한 듯했다. 벌건 얼굴에 붙어 있는 입술이 달싹거렸다. 그러나 남자가 내뱉은 말은 기대와는 전혀 다른 것이었다.

"염병할!"

그리고 그는 현관 밖으로 쏜살같이 도망쳤다.

"끝났어······."

리아가 자리에 허물어지듯 주저앉았다. 눈물이 뚝뚝 떨어지기 시작했다.

"리아야, 괜찮아? 우리가 도와줄게. 말만 해……"

세빈이 옆에 앉아 걱정스러운 눈으로 바라보았다. 열띤 표정의 이룸은 벽에 기대어 성난 소리를 중얼거리며 휴대전화로 뭔가를 검색하는 중이었다. 리아가 대답했다.

"괜찮아. 다 끝났어. 이제 다…… 진짜 다 끝났어……"

　남쪽의 공기도 싸늘해졌다. 겨울이 다가오고 있나 봐. 몽글몽글 피어오르는 하얀 입김. 리아는 〈논하라〉의 문을 열었다.
　"왔어?"
　세빈이었다, 진노랑 종이 상자에 분주히 짐을 싸고 있는.
　"이룸이는 쓰레기통 비우러 갔어."
　"버릴 게 많아?"
　리아가 물었다.
　"제법."
　그럴 만도 하지. 이곳에 모여서 1년 동안 참 많은 일을 벌였으니. 리아, 세빈, 이룸 그리고 여명까지……
　"분리수거장에 쓰레기가 산처럼 쌓여 있더라. 이 많은 걸 어떻게 오늘 다 치우라는 거냐."
　텅 빈 쓰레기통을 들고 기다란 녀석이 투덜대며 들어왔다. 내일이면 겨울방학. 드디어 1년간의 동아리 활동도 마무리할 때다. 영원히 함께일 것만 같던 〈논하라〉와 이제는 작별할 시간.

"그래도 치워야지. 나는 뭐부터 할까? 캐비닛이랑 서랍 안을 정리할까?"

활짝 열린 창문 너머로 몰아치는 바람이 유달리 차갑지만 웃어 본다. 이제는 다 놓아주자. 그렇게 먼지가 날리는 틈바구니를 헤치고 회색 캐비닛을 열었다.

"어, 그거…… 잊고 있었네……"

망그러진 얼굴을 숙이고 그 안에 다소곳이 앉아 있는 닭1호. 애써 떠올리지 않으려 했던 그것. 어쩌면 너는 내 지난하고 얼룩진 과거까지 끌어안고 소멸하였을지 모른다. 그냥, 그런 생각이 들어.

"덕분에 재미있었지, 여름방학."

쓰레기통을 바닥에 내려놓은 다음, 이룸은 벽면에 붙은 사진을 하나씩 떼어냈다. 이만큼 덤덤해지기 위해 우리가 함께 또 제각기 쌓아 올린 기억들.

"……그런데 좀 길긴 했다."

구석에서 부스럭대던 세빈이 한참 뜸 들이다가 참았던 속엣말을 꺼냈다. 리아와 이룸은 피식 웃음이 터졌다.

"어떻게 할까?"

조금 가라앉은 목소리로 이룸이 물었다.

"그냥 버릴 순 없어."

세빈이 힘주어 대답했다.

"우리가…… 보내주자. 단지 로봇만은…… 아니잖아."

닭1호의 구멍 난 뺨을 쓰다듬으며 리아가 말했다. 손끝에 닿는 기계 조직의 감촉이 서늘했다.

동트기 전, 와온 바다를 끌어안은 공기는 파리한 빛이었다. 리아, 세빈, 이룸은 방죽에 서서 닭1호를 넣고 갈색 크래프트지로 겹겹이 포장한 하얀 상자를 바다에 첨벙 떨어뜨렸다. 상자는 파도에 떠밀려 층층이 쌓아 올린 돌무더기에 한 번 부딪히더니 그 자리에서 빙그르르 맴돌았다.

"이별하는 프롬프트라도 멋지게 설정해뒀어야 하나?"

떠나지 못하는 닭1호를 보며 세빈이 실없는 소리를 해댔다. 그 소리에 이룸이 '으이그' 하며 뒤통수를 때렸다.

"안녕."

리아가 떨리는 목소리로 작별 인사를 고했다. 그러자 거짓말처럼 상자는 다시 바다로 휩쓸려 가기 시작했다.

"잘 가! 잘 가, 여명아!"

"잘 가라!"

세빈과 이룸도 두 손을 오므려 입을 감싸고 마지막 인사를 전했다. 하지만 닭1호는 그때와 달리 대답하지 않았다. 그저 무심히 바다 한가운데로 헤엄쳐 갈 뿐. 하얀 상자는 천천히 눈에서 멀어져 갔다.

그렇게 하얀 상자가 수평선에 하나의 점이 되어 다다랐을 무렵,

하늘을 켜켜이 감싸던 칠흑의 장막을 뚫고 붉은 색채가 눈물처럼 번지기 시작했다.

"저기 봐! 여명이야!"

세빈이 하늘을 손가락으로 가리키며 큰 소리로 외쳤다.

"진짜야, 여명이가 왔어!"

뒤따라 이룸도 소리쳤다. 여명이 왔구나. 정말 기적처럼 여명이 우리를 찾아왔구나. 뭔가 뜨거운 것이 눈가에 차올랐다. 리아는 가슴에 조심스레 숨겨두었던 먹먹한 감정을 꺼내 그리운 이름을 불러보았다.

"여명아…… 여명아……!"

나는 너를 영원히 잊을 수 없겠지, 아마도. 리아는 한 손으로 눈물을 닦았다. 그리고 부스스 웃었다.

"이제 겨울방학이야……"

셋은 지난 기억이 희미한 숨처럼 어린 미소를 지으며 꼭 끌어안았다.

## 작가의 말

　인간이란 모름지기 사춘기를 영원히 끌어안고 사는 존재가 아닐까, 생각합니다. 어느 여름날 까르르 웃음소리를 흩날리며 교복 차림으로 달려가는 소녀들을 마주한 찰나, 저는 깊숙한 곳에서 웅크린 채 숨어 있던 그것을 확인했습니다. 상처투성이면서도 어떻게든 앞으로 나아가려고 몸부림치던 10대의 '나'······

　상처받지 않을 수 없는 운명이기에 인간은 늘 고뇌하며 살아가는 것이겠지요. 10대든 20대든 30대든 말입니다. 그렇기에 10대들의 모습을 빌려 우리를 들여다보려 했습니다. 사춘기라는 혹독한 의례를 인간은 모두 겪으며 성장하기 마련이니까요.

　『로봇과 이별하는 프롬프트』는 저 혼자 작성한 것이 아닙니다. 로봇에게 입력하기에는 엉성하기 짝이 없던 언어를 조탁하여 책으로 완성할 수 있도록 정말 많은 분이 도움을 주셨습니다. 무수히 많은 메일 가운데 하나를 골라 고이 가다듬어 세상에 내보내주신 문학과지성사와 박지현 편집장님을 비롯해 세상과 제가 소통하는 길을 열어주신 분들께 진심으로 감사드립니다.

마지막으로 책 마지막 페이지에 마음 한 귀퉁이를 놓아두고, 이만 글을 줄입니다. 책을 읽은 모든 분의 여름방학이 부디 잊지 못할 기억으로 남길 바라며……

2025년 끝자락에
나혜원